跟你同一國

吳鈞堯
顏艾琳⊙著

代序——

城市預言

陳祖彥

直到現在，仍有文藝營的朋友和我談起鈞堯、艾琳。在他們不經意的描述中，鈞堯、艾琳和他們同屬一國。進一步畫小圈圈的話，艾琳和他們更屬一個城市。

鈞堯、艾琳和大偉（紀大偉）是去冬幼獅文藝協助救團團舉辦文藝營的輔導老師。我們當時的用心，除了尋找專業素養，更找尋年輕。

記得某晚，艾琳和大偉活潑、出格的言語交集，讓我們見到「新新人類」的詮釋者。年齡或許大幾歲的鈞堯，一旁顯得文靜，大概應被歸類為「新人類」。或者是同一國裡，另個城市的人。

那次活動，他們夫妻擁有不同的群衆，一個說詩，另一個談小說，當他們在各自的新知圈社交，而後，艾琳常動身尋找鈞堯，鈞堯對艾琳的深情卻不經意流露得更令人動容，「白」案尚未破案時，鈞堯訴說他的恐懼：「現在艾琳晚回來一些都令人擔心。」年輕的文學夫婦也許就是這樣，不在同個城市，卻更像相互吸引的城市，如維也納和撒爾斯堡，東柏林和西柏林，或相互景仰，或擁有結合的宿命觀，才會成爲夫婦、情人否則就是「哥兒們」。

後來在「幼獅文藝」的「婚姻的迴廊」專欄中，我知道他們是「寫小說的雙子座」，和「寫詩的天秤座」。不知道爲什麼，感覺鈞堯像天秤座，艾琳反而像雙子座。

艾琳成了年輕的母親，讓人難以想像。這對年輕夫婦後來帶「帥嬰兒」作過一次花東之旅，不少作家忍不住借抱，「借玩」。其間，鈞堯流露的耐心、細心也爲衆人側目，艾琳反而有些大意，不過十分盡責，兒子在旁，甚至不大有玩興，竟然看不出委屈，有些讓人稱奇。他們像所有剛做人父人母者，不斷訴說一些嬰兒的趣事。他們之間的差異，或者不是天秤座與雙子座的問題，而是詩人與小說家的問題。

他們仍然像一國裡的兩座城市？應該是更亮麗，更在快速發展的城市，他們繼續得獎，不因為嬰兒誕生有所耽誤，在文學的版圖上，遠遠望去，有兩座非常獨特的點，各自營造屬於自己的桂冠，卻共同擁有一個大光環。而且，彷彿在訴說某種預言，明年，後年，或不久後，我們都能見到的一棟棟摩天高樓。

代序——

他們這一「對」夫妻

林繼生

這裡要先說明，所謂的「對」不是單位詞，或是「匹偶」、「對偶」的意思，而是「相對」、「對應」、「對稱」之意。

首先，鈞堯、艾琳這二個人，一高一「矮」，這是「對」之一。一個善道，一個較寡言——至少表面「相對」如此，至於誰能言誰較緘默？你我心知肚明，這是「對」之二。鈞堯專攻小說、散文，艾琳則在新詩領域騁其「柳絮才」——當然這不是說二人各有所偏或所失，而是彼此「承讓」，讓對方各有一片天，合起來就是「獨霸天下」，這是「對」之三。鈞堯喜歡筆耕，只要有一畦文田讓他深耕易耨，保證可以「春種一粒粟，秋收萬顆子」，卻不喜歡複雜多變的環境；而艾琳稿子也寫得勤、寫得好，但生性較外向，除了創作之外，企畫編輯的點子源源不絕。所以這二個人不只個性內外互補，在企畫、寫作上也可以相輔相成，這是「對」之四，總之，這二個人結合在一起很熱鬧、很好玩，雖未至神仙眷屬，卻已是神「筆」俠侶，令人敬畏、敬重。在他們身上我體會到「後生可畏」的道理。

和艾琳認識較早，那時她還在海山高工，我則在編台北縣救國團的「青年世紀」，驚喜於她的詩作潛力，後來在文藝營的活動上也常看到她，更後來她就成爲名作家了！至於認識鈞堯當然是透過艾琳的「介紹」，印象最深刻的是他們的婚宴上，艾琳怎麼打扮已不記得，倒是鈞堯顚覆傳統，不穿禮服也就算了，竟戴著一頂中高黑色帽子，穿梭在喜宴現場，一副很叛逆、很炫、很酷的樣子，後來證明這是他最搞怪的一次，以後的交往，他「正常」、「謙虛」、「傳統」許多了。

以前託年紀及倫理之福，忝讓他們稱呼一聲「老師」，不過現在則是朋友，尤其他們伉儷在創作上的成績更是我望塵莫及的，所謂「青取之藍，而勝於藍」，他們當然非取之我（我也沒有這個能力），但看見他們「勝於藍」倒是令人欣慰的。因此，我很甘心遜「師」位而和他們為「友」，至少有免費新書可以拜讀，這也是一樂也！

恭喜這「一」對夫妻！

代序——

不太熟這對夫妻

尤俠

其實我跟鈞堯和艾琳這對夫妻不熟。所謂不熟是指進入洞房之前，兩人是否還保持處男處女身份並不清楚。後來漸漸熟悉是因爲兩個傢伙的行徑令人不齒！

首先是鈞堯無原故地送我一只保險套，曖昧眼神配合假裝清純的笑容補充說明：「全省各大書店均售，只要購買一只套子，就再送一本親筆簽名小說。」因爲當時還不熟，所以不敢直問他的職業是小說家還是家庭計劃輔導員。

至於艾琳這個女子更嗆人！有次幾位文藝界的朋友約在一間氣氛優雅的咖啡廳見面，一位形象高貴典雅的揷畫家陪同閒聊，突然艾琳闖入坐下，幾句問候之後就開始豎起食指清理上呼吸道，俗名鼻孔。台北空氣汚染嚴重，人人皆知，偶偶清理囤積物乃人之常情，大夥不忍苛責。只是大小姐越挖越帶勁，五指各司其職，甚至雙手交叉使用，氣勢不輸大男人扣脚丫。

後來救護車載走了那位高貴典雅，氣質出衆的女挿畫家朋友，從口吐白沫的慘狀看來，顯然是因爲看了「不乾淨的東西」而導致過度驚嚇。

眞的不清楚這兩個傢伙平時都在搞什麼鳥事。

從認識到現在一直在換工作換老闆，艾琳頂著詩人的身份跳入火坑搞起漫畫，鈞堯更是拿著作家的淸譽偷偷賣起保險套。幸虧老天有眼，不務正業之徒終將報應，而且是個大報應，老天爺送給他們一個小孩。是那種四小時餵奶一次，半夜叫人起床尿尿，不爽是哇哇大哭的小男孩。雖然懲罰有點過了頭，倒也萬民同慶，大快人心。

再次強調，我跟他們倆不太熟，除了洞房前不認識，連進入洞房後發生了什麼事也不太清楚，反正不會是拿筆寫字這類文雅事。

有個建議可供這對夫妻的半生不熟的友人們參考，急用套子時，可找鈞堯周轉，最重要的就是千萬別找艾琳喝咖啡。

尤俠　1998.7.1

在咖啡廳

代序——

我所認識的□□□

陳謙

認識艾琳以來，過多的因素促使我當她是個哥兒們般看待，除了不曾意氣風發時勾肩搭背，悲傷時相擁哭泣，幾幾乎乎我都忘了她眞實的性別。

直到某一天，好友鄧秋彥慌忙而語帶驚異地來電告之：「艾琳要結婚了。」我才恍然大悟，啊，艾琳原來是個不折不扣的大女生呢？

其實我和鄧君更關心的，是分擔這份神聖婚姻的鈞堯兄，我們都知道，鈞堯一本「先天下之憂而樂」的悲壯精神，做出了史上如此莊嚴而感人落淚的抉擇，他以行動拯救了每位適婚年齡的男性同胞，眞該全體國民聯名簽署給他一座十大傑出青年獎，並在首都台北市仁愛路圓環，立一座銅像，請敬愛的阿扁市長，題上「義行可風」四字的了。

說起鈞堯爲人，剛直耿介，中正不阿，走路時目不斜視（辣妹例外），公共場所放屁時必定舉手答「有」，這種絕頂稀有的遠生代人類，一旦落入艾琳這位「用密碼說話的丫頭」手上，豈不是羊入虎口？

一瞬間天佈愁雲，貓嘶犬啼、蒼蠅倒飛，烏龜傾斜四十五度單足疾走。噢，這些意象飄浮在我和鄧秋彥的腦海中，時時揮之不去，直到公元某某年的某一天，鈞堯掩不住語調中的欣悅：

「我生了……我生了……哇哈——」

「眞有點媽媽的樣子啊！」我打從心底很專注地欣賞，艾琳懷抱著寶貝兒子滿足的神情。

我想待會兒，我會打電話告訴遠在台南的鄧君：

「你知道嗎？艾琳演得眞像一個慈母呢？」

鈞堯和艾琳要出書了。一個跳探戈，一個迪斯可，眞不知畫面是如何搖擺法？
但終究都在盡己演出自我吧！眞實而豐富的發散出他們的舞韻。

代序——

從大陌生到小認識

日光花

這或許是我生命中的第1001篇作文，但，卻是我人生中的第一篇序。

因爲是從來沒有的經驗，所以這一切對我來說既新鮮又緊張，彷彿搭上了小叮噹的時光機，一下子又回到夏天剛來的五月，和艾琳相見面的情形。

「明天中午十一點半，在松江路上的何嘉仁書店見面」

「好」，「確定不會迷路吧！」，「嗯」

第二天，我比預定的時間早了半小時，帶著台灣人第一次踏上美國的心情，站在陌生的風景、嗅著陌生的空氣、坐在陌生的椅木上、等著一個陌生人。在這個陌生人出現之前，我把所有自己認爲她「應該」的樣子，比如：大眼睛、小嘴巴、瓜子臉、細長身材、及肩長髮……全想像完了一遍。

事實上只有猜中了小嘴巴。

而且我懷疑自己是不是眼花了？以爲學生時代畢業作品畫的大頭漫畫娃娃，跑出來捉弄我，跟我玩類似「筆友見面的遊戲」？

雖然在這個地球上只和她認識短短的五個鐘頭，她也沒有浪費這18,000秒,侃侃而談她的嗜好,各地旅遊趣聞、酷愛做手工飾品、那裡的東西好吃、天母的衣服超便宜……。

我想這個陌生人十分有趣！

而且還有一副爽朗的笑容，容易把快樂感染給周遭的人。

就如同這本「跟你同一國」，以輕幽默的筆法，把夫妻間日常生活發生的瑣事，寫得活潑不失有趣、詼諧不失嚴謹，即使是陌生的人，進入她的世界之後，也會產生熟悉的錯覺。

這是到目前爲止，我仍認爲她厲害的地方！

原來認識陌生，也是這麼有趣的事。

目錄

序

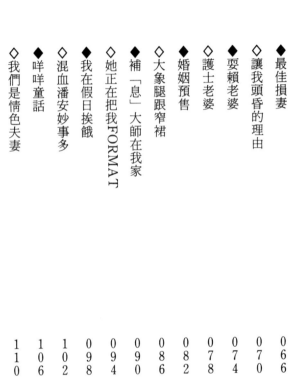

顏家報導不可不看？

鬆毛堯

「看，坐在隔壁計程車上的竟然是孫越呢！」上公車老是東張西望的她，忽然發表「顏家報導」。她接著說，「眞的，我沒有看錯，孫越就坐在前面的計程車上。」她強調。

不知道該不該相信，但聽見話的乘客都把頭偏向剛剛超前的計程車。在忙碌的臺北街頭，看見名人搭計程車，也算是不錯的午後話題吧。

她常常發表「顏家報導」——在公車上。比如跑過街頭的野狗、颱風過境塌倒的招牌、公車急轉彎閃過莽撞的小姐等，這些非常「尋常」的景象，其實萬般無聊。每天重複走在南京東路、松江路上，不一樣的也都變成一樣了。

在這種「一樣」的日子裡，大概她已被逼得走投無路了，總要莫名其妙指著窗外偶然發現的情狀，宣告窗外的新鮮事；忘記身在公共場所，她經常扯開嗓門極大、音質極震撼的嗓音大聲說：「看，外面飛過一隻白鷺鷥。」

她老是搞不清楚「說話」的意思是一個字一個字輕聲說，而不是忽然大聲揚吼。在半強迫性的意識驅使下，我的脖子也不由自主地望向車窗外。

雖然我早已料到，不就是一隻野狗翹著腿在樹幹旁小解，再不然就是大號，總之就是一條狗的例行生活嘛。白鷺鷥又怎麼樣呢？不過就是一隻鳥嘛。心中不屑想著，脖子卻不爭氣轉向。

「老是大驚小怪，搞什麼飛機！」我恨恨看著她，咬牙切齒地說。我當然不是恨她，恨的是明明知道她的噱頭多是無聊騙局，偏偏又被她改變脖子的位置。有時候我無動於衷，她卻失神盯著窗外的街景。在那樣的時刻，我常常猶豫該不該移動視線的問題，但又怕重蹈覆轍，便靜靜忍著。

「眞可惜，你沒看見孫越。」她一臉遺憾地看著我，彷彿我錯過最美的風景。

「唉！」她忽然嘆氣。

「你嘆什麼氣，沒看見孫越又死不了。眞要看，去租『老莫的第二個春天』、『搭錯車』不就行了嗎，何必嘆氣。」

「你不懂的，臺北市這麼大，曾經跟孫越在同一個起跑線上，這種巧合，你不覺得很感動嗎？」是應該感動的。

如果我真的轉頭，那我就曾經跟孫越站在一條線上，這世界，你想找誰在同一條線都不是件容易的事。但我看她東張西望，想著她曾經大聲指陳一堆被雨水沖爛的狗屎、一隻風乾的蟑螂屍體，我怎能完全相信你說的是狗屁，還是不容錯過的風景。

「你看，遠遠的天邊——」她又發現新風景。該看還是不該看，我真是猶豫。

他用放大鏡看事情

大頭琳

星期四的公司氣氛總是有騷動，這倒不是接近週末的關係，而是已經看了「雙人舞蹈室」的同事，一看到我就對我說，「你在家都不煮飯給老公吃呀？」

「好棒喲！像你這麼迷糊的人，挑老公可眞精明，還能做你的祕書。」然後，我還會接到家人或朋友的關心電話，尤其我媽媽最讓我哭笑不得；「女兒呀，我要不要過去幫你們煮飯啊？鈞堯的家人如果看到他寫的，那多不好意思呀！」

「艾琳，養老公可不比養寵物那麼容易，吃吃罐頭就行了。」

唉，我假如眞的那麼差勁，恐怕早就被老公休掉好幾次了，哪能讓他死心塌地奉我爲嬌妻呢？

其實我老公長得不過是比較敦厚一點、說話有點結巴，大家都被他的外表言行欺騙，以爲是我把他「釣」回來當牛當馬爲我所奴役。非也非也，雙子座的吾夫其實比我精明一百倍，尤其在厚重眼鏡背後的一雙近視眼，看事情時絕對不會隨便掃描過去就算了，他早就像電腦一樣地按下記憶鍵、分析鍵，回到家後再通通吐給我。另外，我懷疑他配的眼鏡可能有放大功能，常常把小事變成大事來看待。

比如：一隻小小的黑色昆蟲出沒門邊，忽然間，這個高178公分的男人，發出了殺豬般的尖叫，「好可怕的大蟑螂！」看他歇斯底里找拖鞋的模樣，我差點以爲鈞堯的鬈髮會瞬間變直。

當他回過神之後，我捏著無辜的小瓢蟲屍體，「阿彌陀佛，施主，您誤殺一條生命囉。」其他如眼睛紅紅的，就認爲是角膜炎、砂眼（其實是因爲熬夜寫小說）；頭髮稍微掉得多一點點，他會杞人憂天地問「老婆，如果我以後變成禿頭，你還會不會要我？」老公，你一副小麥可傑克森的黑人頭模樣，我都愛了，難道還會嫌棄你像史恩康納萊的老來俏嗎？

最近他又發現新大陸——我的頭變大了。（以前留長髮，短髮後臉看起比較大一些）他堅持我臉蛋的直徑，至少比六年前擴張了3公分。不論我怎麼辯解，他都不相信。結果我現在多了一個匿名，大頭琳。

本來嘛，一個人獨處跟兩個人生活畢竟不同，睜一隻眼閉一隻是門婚姻學問，懂得彼此修正則是藝術，但是，如果睜開的那隻眼裝上放大鏡，那就不能霧裡看花，越看越美囉。

同一國小紙條：

大風沙中必須「睜一隻眼、閉一隻眼」才能看清楚路況。婚姻亦是吧。維持婚姻，就像面對風沙；來，試一下，睜開左眼、右眼；來，這次換先睜右眼、再來左眼。

鬥嘴變奏正在進行

鬈毛堯

鬥嘴是兩個人之間常有的事情。

鬥嘴時她的頭看起來總比平常大，高高的前額像在發光。如果她吵輸了，眉毛會往額間猛皺，我相信那兩團生氣的皺皮可以夾爛螞蟻。她的另一個習慣是用力走回房間，右手忘記擺動，左手卻激烈地前、後晃動。我猜想那肯定是平常背包揹在右臂的緣故，一生氣起來，左、右手便激烈失衡，像是故障的機器人。這樣想起來，鬥嘴時候我雖不平靜，卻是相當冷靜。至少我可以在事後回憶這一切。

我讓鬥嘴也成爲一種觀察，很有趣、不過也挺冒風險。記得有一次不知道爲什麼又鬥嘴，那次沒有勝負，不過她卻哭了。我走回房間說了一些我自己也不太懂的話安慰她，她嗚咽地說：「你走開，不要理我。」

我疲倦踱回客廳，吵一場架眞要花上不少力氣，時間不過九點鐘，卻提不起任何勁道了。不過那一天我卻偷偷悶笑著，「你走開」不正是侄兒近來的口頭禪嗎？一個大人竟跟小孩子學話。後來我便常用「你走開，不要理我」糗她。

「相差一歲，不吵也難。」雨過天青後，我們得到共同結論。或許相差一歲眞的是關鍵問題吧，很多事情我們都高度發揚了「當仁不讓」的精神。像小孩子一樣，我們經常斤斤計較誰多打誰一下，鬧久了，不鬧都覺得奇怪。

有一次搭上一輛空盪公車，我們又開始鬥嘴，嫌對方醜、不夠體貼溫柔，那場鬥嘴後來卻發展得相當奇怪，忘記誰先起頭，我們拚著命要把對方變成天底下最奇怪的東西。

「我要把你變成一根竹竿，送給清潔工清掃水溝。」她說。變成竹竿有什麼了不起，看我的。公車靠椅後的鼻屎給我靈感。

「我要把你變成一顆鼻屎，再給蟑螂吃掉！」我得意地說，以爲已經達到噁心、低級的最高境界。不料她還有「變化」要說。

「我要把你擠擠擠、揉揉揉，變成一個小小的吳鈞堯，黏在公共馬桶上動彈不得，看著很多人在你身上——」我也不示弱，陸續變出不可思議的變化。我們後來都笑得岔了氣。

在公開場所吵得一把眼淚、一把鼻涕是件丟臉的事，但話說回來，講這些奇怪的「變化」似乎也不怎麼光采。

「管他的，鬥嘴老是大哭、小哭的收場，那有什麼意思呢？」

現在，我們還是經常鬥嘴，鬥得傷心落淚，也狂笑不已。

同一國小紙條：

那對夫妻不爭吵呢？要越吵越親，必須在情緒的臨界點急轉彎，比如說：在對方即將抓狂之際忽然住嘴；如果修養夠好，還可以講個笑話。

看誰在說話

大頭琳

在這個世界上，聲音是溝通的最佳橋樑，也是個性顯現的外在憑據。大嗓門的人給人一種直率、熱情的感覺；聲調高亢尖銳，令人連想到興奮的火雞，吵起架來絕對不會讓輸；聲帶像大提琴一般低沈、具有磁性者，往往能將衆人的聽覺吸引過去；因此說話的語音如何，能讓聽者更直接感受到情緒的表情。

小時候我常常一人躲在屋內，模仿布袋戲裡的劇情，左右手各飾一個角色，玩起一人兩角的遊戲。大概是天生音感頗佳、加上模仿能力強，上了國小三年級開始，便被老師點名訓練詩歌朗誦，參加演講、朗誦的比賽。這造成我長大開口說母語時，總是被人誤會是「外省仔」。相反的，我的另一半因爲長得像外國人，不開口已經頗引人注目了，誰知道，他說了話反而更讓人相信他不是中國人！

事情是這樣的：鬈毛堯有兩片「超越性感標準」的嘴唇（說是兩條法國小香腸，還比較貼切），加上舌頭稍微短了些、聲音低沈、性子又急、有時還會口吃，你可以想像，這樣說出來的言語是多麼地混濁！

記得第一次聽他自我介紹之後，現場至少有五個人同時皺起眉頭，表示聽不清楚。經過這麼多年認識、交談，別以爲我已經破解他那一口黏濁的「金門腔」，其實一直到現在，我總覺得他說的話好像外星人，囉囉哩哩、嚕嚕拉拉。

搬來新家之後，他一間書房，我在主臥室另闢一角權充書寫工作之處。也許是格局分割的關係吧，說話的聲音有點擴散不出的感覺。

「大頭，二桃殺三士的典故怎麼來的？」

「什麼？你要喝沙士加紅龜粿？」下一秒你會聽見更大聲的「是二桃殺三士的故事！！」

「額頭煞煞去？？？」不懂。

他只好起駕到我這邊說話。

我在客廳看書，他打他偉大的小說。我彷彿聽到「囉哩哇囉哩」的外星語。「你剛剛說話嗎？」「我叫你電燈再開亮一點！」哦。過了一會兒「卡囉哇特一世＊@＃＊，你要不要？」

「要什麼？」

「喝咖啡啦！大頭。」

爲什麼我都聽不懂他說的話呢？不過這也有好處，因爲常常聽覺障礙，我們必須更注意對方的言行、無形中拉近彼此的距離，增加互相撒嬌的機會，這也算促進婚姻幸福的一門偏方吧！

我所說都是眞的

鬈毛堯

本書文章在自由時報「花編心聞版」刊載以來，我們聽到朋友的各種反應。譬如「你跟艾琳怎麼互相出賣，眞佩服你們厚臉皮的功夫。」

有些人則說：「簡直肉麻當有趣，不過，我眞同情你的遭遇。要在假日挨餓、被誤會爲木頭，簡直過著非人生活。」看來，我的訴苦果然換來不少同情。最近，有位法師朋友看了專欄說出最嚴重的聲音：「唉，我眞擔心你們的婚姻哩。南無阿彌陀佛。」

也難怪連法師都瘋狂。覺得人一直有個習性，對他人施予的好處總是容易健忘，他人一些蛛絲馬跡的壞，則徹底記住，夫妻間的相處也是如此。眞的，吾妻其實也有不少優點（我眞的沒有被暴力威脅、或禁止同床的軟性脅迫，甚至是利益輸送），她的健談尤其讓我佩服。

我的左腿曾因拉傷未癒，朋友建議我去做脊椎治療。診療室後面懸掛一幅畫，我怎麼都沒有想到那竟是眞跡。有次她跟我同往，看見畫上栩栩如生的奔馬，猛然大喝：「難道這是徐悲鴻的眞跡嗎？」她左瞧右看沒不見落款，便說：「哇靠，仿得眞像。」

治療完畢，我們在門口穿鞋，預備離去。吾妻感嘆畫作時醫師正在配藥，回到診療室後他大約聽護士談起剛剛那一幕，竟把我們叫住：「小姐——你過來，看清楚了，落款就在這裡，這畫那裡有假？」向來嚴肅的醫師讓她站上板凳，然後指著右下角一排細小的字。

「這是眞的！」吾妻驚訝。我呆在一旁，看著因認出眞畫而興奮的吾妻，以及因眞畫被認出來而雀躍不已的醫師。

「小姐，你是第二個認出這幅畫的人。」醫師對吾妻的鑑賞能力似乎頗滿意，又帶著我們進診療室。

「這也是眞跡——這是宋代的金筆宮廷畫嗎？」吾妻又說。到此治療多次，從未見過醫師如此和顏悅色。他一高興，便說在大陸投資骨董的種種。我聽得兩眼發直，要不是吾妻同行，我想我會錯過名畫，醫師仍會像以往一樣懶得理我。

哎呀呀，這就是吾妻衆多優點之一。兩個人從相識到結婚總有充分理由的，那些擔心的朋友可以免疑矣。我所說的都是眞的（我眞的沒有被硬性或軟性或錢性威脅）。

同一國小紙條：

生理特徵說明兩性互補的關係，個性、經濟、頭腦等等都可以互補。互補關係也顯現出人不是完美的，如果完美，那還需要互補、那還需要另一半？

艾琳羅賓變身記

鬈毛堯

人有各種姿態，比如哭泣時習慣雙手抱頭，身體縮成烏龜的樣子；快樂的時候則敞開胸懷，像小鳥展翅高空，人的意氣風發又是什麼姿態呢？不知道別人如何展現，但關於她得意的呆樣我可是一清二楚。

由於在同個單位服務，我更有機會見識她不同家居時的模樣。有一天，我坐在座位，看見她走進隔壁辦公室。我跟辦公室恰巧隔層玻璃窗，不很完全聽見裡頭傳出的聲音，但是誰在裡頭摳鼻屎、剔牙垢，我卻掌握了第一手情報。

眞的，換是平常那種溫柔婉約、講話輕緩的女子，這層玻璃窗雖不能防彈，但隔音效果絕對是有的。然而那天，我終於見識到她的音量有多高亢、攻擊性有多強悍，坐在這頭，她的聲音像在耳旁吼開似地傳來。

人不能閉上耳朵果眞是個悲劇，我剛好要處理一個企劃，突然魔音傳腦，眞有說不出來的惱怒，但是又何奈，那個不顧辦公室安靜道德者正是吾妻。

我盯著她，換是在家裡面早就忍耐不住，但是在辦公室，顧著同事之道反倒不便多說。接下來更糟糕，原本模糊的聲音不久後就淸楚傳進耳朵，開始強姦我的聽覺。

「是不是，行銷沒做好，文宣品沒處發、出版品乏人問津，目前最重要的就是建立行銷系統！」她說完，我的企劃點子也被摧殘殆盡。我隔著玻璃看她，她卻全然沒有反應，反以爲我在鼓勵，又霹靂叭啦發表高論。忽然，我就看見她得意的呆樣。

不知道什麼時候開始，她的雙臂往上拱，肩頭幾乎觸到耳朵，整個身體驀然縮到胸窩。我大驚失色，天啊，那不就是泰迪羅賓的樣子嗎？泰迪羅賓是個港星，身子不高，脖子也好像少長了幾公分；那樣子也像歌唱中的高凌風，縮著脖子自我陶醉。

稍後，她有事找我，以那副死樣子出現我跟前時，脖子還陷在胸窩底下呢。我跟她說，「喂，你的脖子不見了。」她沒聽懂，裝著驚訝，這一來，脖子又往下縮了幾分。

儘管她死都否認得意時像泰迪羅賓縮著脖子的模樣，但我可不管這許多。之後，我看見她得意的呆樣，便管她叫「艾琳羅賓」了。

同一國小紙條：

交友範圍變小，不少人都在工作圈裡認識未來的另一半，夫妻共處同一個公司是常有的事，但公事跟私事要區分，免得像某地方首長鬧出「一人當選、兩人服務」的笑話。

她是卡通人

鬈毛堯

從六月份起，我將回復到某種程度的「單身生活」了。別誤會，這並非婚變，而是六月起，吾妻已到另一個公司上班，我們將不再像以往一樣，「眞正地」朝夕相處、形影不離了。

夫妻倆在同個單位服務，就彼此照應而言確實方便，比如談企畫時火力支援、辦活動友情相助等皆然。這段難以重溫的過去其實苦樂雜陳。樂的是下班後活動配合容易，我前脚出、她後脚進，不用爲了誰遲到，搞得大眼瞪小眼。苦的是大小事都難逃法眼，連跟文友吃個飯都得事前申請。

經濟學有個分散投資道理，那就是「二鳥在林，不如一鳥在手」，所以面對吾妻的另謀高就，我也只有祝福的份了。不過，自從她上班以後就開始擔心她會不會「又」變成「卡通人」。

前頭爲什麼用了一個「又」字呢？那是因爲她以前曾經在某大型漫畫公司待過的緣故。那時候，我幾乎忘記她到底是什身份。她一下子學蠟筆小新的呆樣，尖著嗓子說：「喂，我的褲子裡有隻小象吔！」下一刻又拉長下巴、擠成上吊眼，變成漫畫裡的不死戰神「破壞王」。

「同事說，我長得很像小新的媽媽噎。」她得意極了，我卻不知道，跟那個「魔星」兒童相似有什麼好高興的。

那一陣子，她閉口、開口都是漫畫，搞得我也跟著下海寫漫畫評論、做漫畫家專訪等。說得好聽是擴大領域，講得難聽呢不就是不務正業嗎？我後來知道，吾妻從小便對漫畫著迷，她覺得漫畫裡的女孩子迷人，竟學她們微微前傾的站立模樣。婚後，言詞的禁忌日漸鬆動，有一天，我便不客氣數落她凸起的小腹。

「你不覺得我這樣子站很可愛嗎？」說著，她雙腳立刻拐成外八，把小腹凸得老高，一副沾沾自喜的樣子。我莫可奈何，看著她變成櫻桃小丸子、一休和尚等。

話說回來，吾妻的確擁有相當的模仿能力，加上她獨家的卡通造型——大頭小身體，在模仿卡通人物上的確太有「天賦」了。不過，一個年近三十的人，幹嘛模仿漫畫人呢？瞭解吾妻眞不能以常理臆測。

她的新職當然跟漫畫有關，我料到不久後，她的模仿秀終將復活。到時候，我又將忘記吾妻到底是什身份了。

（後記：吾妻後來到遠流集團元尊文化出版公司上班，担任漫畫企劃主編，後來因漫畫案取消，不再執行。那時，吾妻已懷孕，只好挺著大肚子離開遠流元尊。為此，我常感歎人生無常哪！）

他也在變臉

大頭琳

人是經過不斷歷練、挫折而逐漸蛻變的「心靈羽化」動物。人雖不能飛，但心裡卻渴望在生命的舞臺上展翅高飛，而且還是一隻美麗的鳳凰或蝴蝶。所以，全世界靠服裝美容等相關行業吃飯的人，才能在基本的整齊、清潔條件下，生產出五顏六色的布料、衣裳、化妝品、配飾，添加了穿衣服的樂趣。

不過這對天生欠缺美感、不注重衣著搭配的人而言，出門穿什麼衣服反倒是一種難題。「唉……新書發表會要穿哪一件衣服呢？」懷孕已六個多月的我，發福的體型其實只能在幾件孕婦裝裡挑選，可是一向愛美的我，仍舊不想這麼輕易地屈服；尤其面對著近年來，服裝搭配功力日益增強的老公，在我懷孕後，不時譏笑我為大肚婆、彌勒佛、走起路搖搖擺擺像企鵝，簡直是威脅到我天秤座優雅、唯美的形象自尊。

想當初，土裡土氣的鬈毛堯跟我拍拖時，有多少人勸我「你跟那個黑黑的非洲人在一起呀！」連支持我的妹妹也說，「他那又粗又鬈的頭髮、咖啡色的皮膚、一身不合時宜的衣服、又沒錢的，你到底看上他哪一點？」坎坷的戀情眞是雪上加霜！

記得有一次出遊，我們約在火車站見面，我穿上帥氣的西裝外套、筆直的牛仔褲，費了一番工夫才梳好的流行髮型應約，老遠看到一個穿著泛青光的紫色外套、領口翻出綠色襯衫、下穿一條土橄欖泡褲、頂著一頭蓬鬆雞窩頭的男人，我眞得鼓起很大的勇氣，才敢走到他身邊相認。

為此，準備好的相機只拍了幾張留影；不過這成了我日後恐嚇他的證據。「鬈毛仔，你敢對不起我，我就公佈你以前的照片！」對目前新優質男人形象很在意的他，如果將這張慘不忍睹的舊照公諸於世，恐怕會令苦心擺脫「舊殼」的鬈毛仔，嚇得面無血色、縮足在家躲藏。

不是我自誇，在我處心積慮的教導下，他那178公分、70公斤標準衣架子的身材，總算有令人眼睛一亮的效果了。

也許我也啓發了他自戀的一面；每次出國，行李中添購的衣物、鞋子大多是他的，出門前一天晚上，他老早忙著上演服裝秀。看著他蛻變為美麗的花蝴蝶，我已經擬好生產後的魔鬼瘦身計畫，誓言將注視的眼光通通搶過來！

同一國小紙條：

偶爾，也幫另一半打扮打扮吧！古時候，丈夫以幫太太畫眉為樂，看見另一半美麗、清爽、有朝氣，也是樂事。

賴床大頭妹

鬈毛堯

我喜歡賴床，賴床是對自己甜甜的妥協，那時候的睡意最香，爲了多睡那幾分鐘、幾秒鐘，彷佛付出多少代價都無所謂。不幸的是結婚後，我再也不能享受賴床的樂趣。

結婚前，她便跟我在同一個單位服務，但兩人各回各的家，當然不曉得各自的「床上習慣」。結婚後，沒理由我先上班或者她先出門，當然一齊出發，她賴床的毛病便出來了。

剛開始，鬧鐘擱在離她較近的床頭櫃，鬧鐘作響時，她總能以迅雷不及掩耳的速度讓鬧鐘住嘴，然後乖乖下床、盥洗嗎？不，按下鬧鐘後的她仍躲進被窩貪睡，導致睡夢中的我心驚肉跳，總是在想：怎麼搞的，睡得頭皮發麻、屁股抽搐，怎麼鬧鐘還沒響？

我側頭看鐘，不禁大驚，居然快九點了！

剛開始不知所以，以爲鬧鐘無能，後來才知道鬧鐘無辜，有罪的是她那無可救藥的賴床習慣。

也因此，我清楚判定，絕對不能相信她會清醒壓下鬧鐘，然後叫我起床。兩人世界要緊的是了解或妥協，沒料到這竟是婚後我對她的第一樁妥協案，鬧鐘也順勢移到我的床頭櫃。

有次，喚她起身後，我直接穿衣、盥洗，再回到房間時她仍在昏迷狀態，而且還不知好歹、故做可憐狀地哀求：「再讓我睡三分鐘吧。」都是那三分鐘害的，搞得現在上班前都如臨大敵，到公司的時間也一天晚過一天，不知情的人還以爲新婚燕爾，小倆口甜甜蜜蜜故，那知道我每天都像囉唆的婆娘，一會兒高亢地喊：起床囉！下一刻又低低地說：起——床——吧。

有天清晨，我按下鬧鐘很快爬起，忽然警覺：不知何時，我竟克服賴床的習慣。因爲結婚、因爲那隻懶在床上的「豬妻」，我再也不能賴床。

夫妻相處總有相互彌補不足的時候，要不同時賴床，不就連班也不用上了。

雖是如此，我仍懷念單身時的賴床時光，憂傷嘔血之餘，遂不甘心完成一首打油詩嘲笑她。詩是這麼唸的：「愛睡大頭妹，一天睡三回，每次十小時，一天不夠睡」。

在她的耳旁輕唸，見她嘴角微微牽動，心想大概奏效了吧？但，她轉了個身，連眼睛都沒睜開，咕噥咕噥地說，「老公，再讓我睡三分鐘——」
這大無賴。

異形另一半

大頭琳

許多人都看過「異形」這部電影吧！那怪物全身的黏稠感、不時滴垂下來的唾液，實在令人渾身起雞皮疙瘩。

我一向就怕熱，更怕油膩的東西，夏天一到，爽身粉用得比麵粉還多。像我這樣嗜好清爽的人，居然配對了一個黏搭搭的大異形！從此以後，「你儂我儂」在我們的婚姻生活裡，改成了「你黏我黏」的寫照。

經過一日上班的勞頓，洗個澡、換上輕鬆的家居服，我正打算翹起二郎腿，開始重讀陳克華新版的〈星球紀事〉詩集。不料，吃飽飯沒事做的鬈毛堯，扶著眼鏡一逕往地上角落東瞧瞧、西看看，然後我便聽見他今日「又」發現：「大頭，你看！你看，地上都是毛，桌椅也有灰塵；我來吸地拖地、你拿抹布擦桌椅。」

我的媽呀！老兄，你也不看看現在是晚上幾點？十一點耶！他不理我的抗議，早已動手拖著吸塵器，像隻食蟻獸一樣地工作起來。

二十分鐘過後，他的潔癖症已發作完畢，換來屋裡瀰漫的「虛無的清潔感」；反正，明日屋子裡，滿地又會是他的鬈毛。而剛剛洗好的身體、衣服卻因勞動流汗，變成「緊身衣」了。於是我們又要洗一次澡、換一次衣服。免得休息坐在沙發上後，身體和家具黏在一塊，成爲兩隻蝸牛。

搬來新家兩個月後，我們面對了這裡的第一個夏天。新居的向陽方位，正好避過整個炙熱的午後，因此開大型吊扇就足以迎風納涼，又可省電費，我對新居的風水頗感滿意。但是對他來說，這樣是消不了「腹內火」的。

「我要開冷氣。」我覺得很舒服呀，便以適溫爲理由駁回他的上訴。不一會他又嚷嚷「好熱！好熱！我要吹冷氣！」記溫器顯示攝氏29度，具國際規定開冷氣的30度還欠一度，不行！

全身毛鬈鬈的他，顯然是因爲毛太多而阻塞排汗功能，我看著他從人的模樣變成毛躁的猩猩、再變成快失去理智的狼人、最後變爲到處口吐白沫的外星異形；好吧！事情都演變成這種駭人的地步了，我只好慈悲地讓步。

冷氣開了一分多鐘後，我家的異形便恢復了人形。於是，我才敢賴在他身上「膏膏纏」。

溫柔晚點名

鬈毛堯

像很多人一樣，我跟大頭琳也是經過愛情長跑才結婚的。那時候她在臺北，我在高雄，直到我畢業爲止，南北隔離的淒涼長跑才告一個段落。

我們的戀愛雖算驚心動魄，後來圓滿步上禮堂，很多人卻也當作一件奇蹟。因爲大頭琳向來頗有男孩子緣，而且大小通吃，直到婚後仍有許多仰慕者撥電話來問她一些三五四三的事。我的行情當然也不差，剛進中山大學的第一週，就有神祕人士託同學打聽：喂，你到底有沒有女朋友？

記得當時正用午餐，聽見問話時，我含在嘴裡的飯突然變成一塊石頭。我的確猶豫該回答「有」或者「沒有」。可以是「有」，因爲我們的交往剛進入第二個月；可以說「沒有」，兩個月的戀情又算什麼永恆呢？

不曉得那根筋秀斗，我說「有」。這一回答，就註定我在中山大學孤單的四年。現在回想，仍爲坦誠的態度自傲，卻也不禁質疑當初的自己：喂，你在高雄當愛情的聖男，怎知她在臺北是否胡搞瞎搞？

該感謝的是愛情令人迷亂的能力，它瘋狂地讓我們投入情海，而且相信彼此。

歷經波折後我們終於踏上紅毯，然而卻不像王子跟公主，從此過著幸福快樂的日子。我們得料理柴鹽油米、劃分打掃區域、忙公事、家事，也得忙「床上」的事。（別誤會，請往下看）

相信很多人都知道下列的愛情傳說：結婚前女方爲尊，婚後則男方爲貴。於是結婚後吾妻終也逃不過傳說的迷惑，睡前她常會突然問我：「你到底愛不愛我？」我的媽呀，她的「溫柔索取症」又發作了。

「愛，呀——」我實在不習慣把愛啊情的掛在嘴邊，只好悶悶地答。

「你到底有多愛我？」

「愛——哪——比以前更愛你。」

「那你以前有多愛我？」這種問題她總是打破砂鍋問到底，我只得拼命想些溫柔的話，驅趕她的不安。得到滿意答案，她倒頭大睡，我也鬆了一口氣，然而睡意被她打翻，我再怎麼努力入夢，常常無濟於事。

如果你也像我，常被另一半溫柔晚點名，隔天你只也能跟我一樣，睜著兎子般的紅眼睛，恨恨且不便解釋理由地說：昨晚又失眠了。

我們的失眠至少肯定一件事實：你的另一半，還把我們當個東西。

黑馬王子雪恥記

大頭琳

每個女孩子在青春期，總是會被媽媽或閨中密友傳授幾招交男朋友的「面相學」。譬如眉毛濃且形狀明顯情深而專一、嘴唇細薄則待人苛而情易遷。那麼，頭髮鬈鬈、輪廓明顯的人又如何？

「鬈毛的人脾氣不好，交往時必須小心觀測，免得誤上賊船。」雖然早有忠言在先，男女交往時總被莫名的激情蒙蔽，我左看右瞧，怎麼也不相信這個嘴唇厚厚、言談木訥的男子會「壞」到什麼程度。就這樣，我到了婚後才眞正領略，吾夫的脾氣果眞有些急躁。

吾夫有一種本領，他能小事化大，大事變天大事，我只要稍有閃失就被他責備得體無完膚。我認眞回想，剛開始情況並非如此，怎麼局勢逆轉，變成我處在下風呢？初識吾夫時，他仍是個不知文章爲何物的小子，記得詩社舉辦聚會，我讀他的詩，常常忍俊不住。

「天啊，這是什麼爛詩！」他離去後我終於忍不住大笑。沒料到多年後，這名被我嘲笑的男子竟成爲我的老公。

如果說愚孝能感動上天，那麼鬈毛黑人也能漂白成白馬王子。

我曾在一家出版搞笑書籍的出版社工作，有一次客套地跟他邀了稿子。他爽快答應後，我心中卻不禁疑惑：這塊木頭能「削」出什麼幽默感？後來收到他的稿件卻令人大爲噴飯。我不由得揣想「這個傢伙眞是雙面人」。沒料到這個雙面人往後變成「多面人」，越寫越多了。

有一回朋友來訪，聊到我們在自由時報花編心聞版的專欄：雙人舞蹈室。「你把婚姻生活寫得滿妙的。」朋友如是說，他又提到吾夫其他發表的稿件。歹誌怎會變成這樣呢？以往他都是配角，沒料到這幾年打拼下來，竟也成爲男主角。是的，「夫長我消」的結果是造成局勢逆轉的主因。

可，這又如何呢？你難道沒聽過成功的男人背後，都有個偉大的女人嗎？

「要不是我當初鼓勵你，你今天恐怕也混不出什麼名堂來。」他聞言氣得發抖。我則全然不理，理直氣壯地說：「要不是我，你有撰寫雙人舞蹈室的題材嗎？」

要我屈居下風，還早呢！

同一國小紙條：

夫妻享有共同興趣是幸福的，可以夫唱婦隨；夫妻擁有不同興趣是廣闊的，可以幫彼此打開另一扇窗。夫妻熟悉的、感興趣的，非得一模一樣，夫妻不是複製的另一半。

迷糊老婆

鬈毛堯

徐志摩大約如此說過：我將在茫茫人海中尋求生命中唯一的知己，得之我幸，不得我命。進行尋覓時，每個人心中大抵都有個譜。我也有基本的譜：她必須有點女人味，不可以長得太抱歉。我後來揣測，我們不是挑上同型態的人，便是選上不同類型的伴侶。吾妻算是後者。

A型人擁有先天賦予的縝密性格，但這款天賦在婚後儼然成爲一個悲劇。吾妻算得上交遊廣闊，加上天性熱情使然，她總喜歡找朋友吃飯、聊天，不幸的是她總「喜歡」把兩個約會搞在一起。比如下週一要參加電影首映，她卻約好了談企劃案；週末要看家具，她竟沒來由地答應飯局。

「難不成你還是顏七力，可以分身赴約？」不滿歸不滿，往後她談電話時，天賦吾身的A型性格便自動啓動。

有一次，詩人林群盛剛從美國回來，他們在電話中熱烈聊著，不久便聽到吾妻如是說：「星期天，好啊，一起吃個飯——」管不著洗澡水尚未擦乾，聽見她這麼說後我狼狽地跳出盥洗室，急忙插嘴。

「喂，星期天不是要吃喜酒嗎？」她狐疑地望著我，想起來的確有這麼一回事。夫妻相處之道首重相互彌補，但我亦懷疑，長期以來，我已淪爲她的私人祕書，慘遭人格蹂躪。

「你知道嗎？重新橋下有個跳蚤市場，有好玩的東西可以買吔！」徐姓朋友來訪，提供閒逛的去處。

「眞的！就這個禮拜吧，你到我們家住一晚，隔天再出發。」吾妻興奮地說。我的天啊，她這次更了不起，把赴耕莘劇場及洽談出版計畫的約全撞上了。我終於忍無可忍，顧不得她的顏面，說了她一頓。

我後來冷靜分析，剛開始或許她也想改變迷糊毛病，然而私人祕書不僅好用又不著給薪水，導致迷糊症未見好轉。我倒是擔心一件事，她約的飯局一次次被我取消，難保朋友們不會這麼想：鬈毛堯這小子忙個屁，連吃頓飯都沒空！

越想越覺事態嚴重，責怪的語氣也逐漸激烈，沒料到她竟笑盈盈看著我。「好嘛，人家又不是故意的，誰叫你娶了我？」

我搖搖頭，眞的莫法度了。我想，在尋覓伴侶時，不僅是「不得我命，得之我幸」，還得加上「得之我命」這句話吧。

同一國小紙條

跟親密的人在一起，警戒就會鬆散。以這個理由來看不斷有小錯的另一半，應該可以覺得窩心才是。

金門樞係酒桶？

大頭琳

金門產美酒是公認的，副產品是會喝酒的金門人，這更是不會答錯的聯想題。可是他們到底多能喝？我倒是從吳鬈毛及其家族身上見識到，金門人是最不會「養金魚」的乾杯族！

還記得第一次去他家時，鬈毛一家留我吃飯。菜擺好之後，有人拎上一瓶陳年高粱，我暗自竊喜「哇！我這個客人眞貴重，還拿出這麼好的酒請我。」

用餐時果然被他父親問了：「顏小姐，你會不會喝酒？」

「小時候跟阿公在臺南生活，多少也跟阿公學一點。」

「不錯啊，那跟大家喝一點吧。」於是，我桌前出現半小杯陳高。鬈毛希望我不要因酒失態，馬上倒了一半在他杯裡。

「來，大家喝。」天呀！我得細細啜飲的陳高，他們居然大口大口吞落肚！

後來這一頓飯，吳家人喝完一瓶陳高，我那¼杯還剩有⅓！等日子更久以後，我才明白：吳爸爸每餐兩杯高粱，是正當的飲食，有客人來的時候，則是開陳高請客、順便犒賞自己。

我們交往七年，難免會參加他的宗親喜酒宴客等，藉此我總算對金門人、金門酒有一些粗淺認識。「喝酒」在他們定義上是「啊——乎乾啦！」，而且獨鍾金門高粱。

在餐席中，你可以聽到如何辨識眞假高粱、各地出產與年份出廠的高粱有何不同、一鍋頭和二鍋頭滋味優劣……當然，席間不管女的男的、老的少的，看他們用上好高粱互相敬酒，又是一種驚心動魄的過癮。

跟鬈毛交往時，他常常把稿費省下來，買昂貴的好酒裝在酒壺中帶出來，兩人出遊時分飲，那時覺得好羅曼蒂克。結婚後，開始了家居生活，家中除了書櫃之外，他堅持一定要有放酒的櫃子。

櫃中有幾百塊錢至數千元買來的中國酒和洋酒，還有因爲瓶子很美而買下的裝飾酒；前者是他的酒藏，用來喝的、後者是我的收藏，不准喝的。

迷上雞尾酒的時期，他爲了品酒、調酒，居然把飯店吧臺與知名PUB的飲料目錄，帶回家苦苦研究，儼然煉藥的老巫公公。這陣子他愛上紅酒與葡萄酒，花了好多錢買參考書，並且按圖索驥一瓶瓶買回來喝。

你相信嗎？我們去歐洲最大的收穫，是千辛萬苦帶回的十多瓶地方酒釀與葡萄酒！看著他心滿意足地啜飲美酒，我開始有點擔心，以後我們的小孩會不會是另一個小酒桶？

環保太太

鬈毛堯

「這些東西都可以回收，怎麼會擱在這裡？」吾妻大頭琳指著樓梯間的廢紙，天生的正義感油然而生。「地球上的樹木已經越來越少，更應該珍惜資源。」據說，當她的環保呼聲傳進公司的層峰後，馬上獲得迴響，並請她撰寫資源回收計畫以利執行。

夫妻難得在同個地方上班，我們倒是有幸同事近兩年，她家居以外的神態我反能一一捕捉。這種有意義的工作她一點都不排斥，而且做得相當熱心。不久後她便完成資源回收計畫，並負起推廣職責。

「這些紙張反面還可以再使用呀。」吾妻每天總會撥出空檔當環保偵探，尋覓可以重複使用的資源，有時候她也會走到我的座位，從垃圾桶裡挖出使用過、且被我隨手丟棄的廢紙。

「眞是的，一點都不懂得珍惜資源。」吾妻當著辦公室同事數落我，算是有點「殺雞儆猴」的味道。當我罪證確鑿，且被形容爲戕害地球雨林的殺手之一時，我啞口無言，只得紅著臉承受吾妻毫不留情的凌辱。

我不知道其他在同單位上班的夫妻是否更容易打情罵俏，對我們而言卻是「彼此糟蹋」的機會更來得多些。

除此外，吾妻使用面紙都是一半一半使用，外出購物一定自行攜帶多餘的塑膠袋出門。「想想看，能幫世界減少一個塑膠袋，也算功德一件。」如果有一天，全國的公司發起環保大使推薦，吾妻必然雀屏中選。雖說如此，我們家卻常出現以下的對話。

「這裡明明有一個小紙簍，你幹嘛用另一個？」

「你這是怎麼搞的，跟你講過多少次，紙盒務必壓扁後再丟；你看，垃圾桶都快滿了。」

我不知道那裡出問題，下班後我們的環保姿態彷彿逆轉了。（我一直懷疑回家後，吾妻便產生不自知的習慣性依賴）沒錯，以上正是我責怪吾妻的話。

「一天到晚講環保，連處理紙盒也不會。」聯想起上班時她那副得理不饒人的模樣，我越想越火大，禁不住反唇相譏。

令人扼腕的是沒有人可以證明以上對話，而當這篇專欄見報後，大約也不會有人相信環保形象清新的她居然不會處理紙盒垃圾。懷著冤屈，我仍得含淚控訴：這就是我的環保太太。

同一國小紙條：

愛情的環保秘密是：他（她）對過去到底還記得多少？

我的電腦老公

大頭琳

現代是電子的世界，生活週邊充斥著電腦、電子寵物、網際網路、傳訊……似乎誰不沾惹一些電子味，就被人家笑「落伍了」。

我們家老公基於時代在進步，我們當然不能退步的理念，電腦從二八六、四八六、到目前家中有五八六PC跟筆記型電腦、還有當初買來當娛樂休閒的TV GAME等，我這個電腦白癡在他的調教下，居然也能用電腦寫稿了。

雖然家中電子設備齊全，加上他在「雙人舞蹈室」裡大展幽默功力，把我這個如花似玉、才藝雙全的奇女子，寫成一副迷糊、懶惰、衝動的無厘頭模樣，或許大家會想像：兩人分別霸佔屋內一隅的電腦，以飛快的四隻手忙著輸送功力，欲在文章上拼出個誰高誰低。或是窩在電視前，像神經質的電玩兒童，發出「哇靠」「呀哈、呀哈」「豁溜K」的怪聲。（不要笑，如果你家有電玩迷，你恐怕會發瘋）因此，我們兩人的家居生活一定非常有趣。

唉，這個天下幸福男人之一的鬈毛老公，娶了奇女子之後，理應效法畫眉之樂，每天讓老婆笑口常開，永保青春快樂的心情。可是……

「老公，工作好累，我們來玩TV GAME嘛～」

「神經呀，已經看了電腦工作那麼久，還不讓眼睛休息。」有道理，下次再玩。

「老公，人家想上網路，和朋友寫寫E—MAIL。」

「懶鬼，稿子都拖稿了，你還有時間上網路？」說這些話的同時，他的眼睛幾乎是黏在電腦螢幕上，雙手更是不稍停歇。

身爲另一種文體工作者的我，以一種又同情、又羨慕、又憐憫的眼神看著他，對於老公患上「現在不寫，萬一有一天寫不出來」的創作恐懼症，實在無法幫他什麼。

「待會不要再跟我講話，沒看到我正在忙嗎？」是的，我唯一能幫他的，就是盡量不要打擾我的小說家老公。

別人的電腦是工作兼休閒使用，我們家電腦則是老公打拚的個人擂臺。上班時，我們秉持公私分明，互不干擾，下班後，他還要「上自己的班」，我，我……還是支持老公！因爲我家的電腦老公，永遠有打不完的小說，那有時間去花天酒地。所以我很放心。

最佳損妻

鬈毛堯

人在倒楣時什麼事情都會發生。譬如打開便當盒預備填飽肚子時，一條足以嚇破膽子的肥大菜蟲正盯著你看。

「這代表蔬菜健康，沒有農藥，可別不吃唷。」吾妻饒有興致地說，鼓勵我吞下那條長滿絨毛的菜蟲。「反正閉著眼睛吃下去，多吸收一點無污染的蛋白質吧。」我不禁迷惘，她那副事不關己的態度，好像我不僅是個陌生人，還是個讓她尋開心的人。

我想，每個人或多或少都有改不掉的習慣，婚前，這些惡習都可能隱藏，然而結婚就像一面照妖鏡，每天朝夕相處，偽裝便慢慢卸下了。長期以來，我一直無法克服緊張，緊張的毛病一犯，「口吃」的惡習也跟著來。

「你——你們幹——幹什麼要做那種蠢事？」會議結束，能言善道的吾妻學我開會時的激動神態。她學得像極了，憋著氣，把臉逼得脹紅，這才說出話來。她還故意強調那個「幹」字。

人有一種倒楣狀況，那就是娶了個不同性格的妻子，尤其後來夫妻倆還在同個單位服務，被許多人拿來比較。

「眞搞不懂這兩個人是怎麼湊在一塊的？」對我們品頭論足的人總會得到這個結論，然後輕鬆地說，「反正一個願打，另一個願挨嘛。」

說眞的，吹皺一池春水干卿底事？眞搞不懂這群人是不是吃飽撐著。不過，倒楣的事情還在後頭。有一天我請假看病途中，竟不小心扭傷了脚，我忍著疼，狼狽跑到中醫診所。舊居沒有電梯，我咬著牙，費盡千辛萬苦才跳回住處。

「我腳扭傷了，回家時記得幫我買幾塊藥膏。」我在電話裡描述受傷經過，傷癒後回公司才知道，吾妻早已將我單腳跳了近六十個樓梯的糗事強力傳播了。由於扭傷，走動時勢必一跛一跛，沒料到往後幾天，吾妻竟學我的樣子走路。

「我是跛豪——」吾妻從廚房一跛跛走進客廳，又一跛跛走進臥室，讓我恨得牙癢。不過，人非聖賢，吾妻終究也有講不輪轉的時候。「我——我——我個什麼勁啊，連說句話都說不清楚。」我逮到機會反駁。

跟很多人一樣，婚前，我們一直都在勾勒未來的婚姻生活，沒料到會是這種互相「損」的方式。但，我們夫妻樂在其中就好，又關他人什麼事呢。

同一國小紙條：

夫妻相處最怕「東施效顰」。相處方式是從雙方個性衍生而來，試問：不同個性的人又怎能適用同一種相處之道呢？

夫妻相處不是買商品哪。

讓我頭昏的原因

大頭琳

讓女人頭暈的理由不外是貧血、中暑、驚嚇過度、身體不舒服，但造成我頭昏腦脹的卻不只這些。婚姻——「昏暈」，結婚就是讓我頭昏的原因。而這個罪魁禍首，當然是在我身邊製造暈眩效果的怪老公了！

身爲一個住在都會有二十年資歷的現代人（而且還是闖蕩過社會世面的男人），結婚之後，我理所當然地認爲，我知道的常識，他一定也擁有，甚至應該還了解一些我不太熟悉的生活知識。

隨著日夕相處，共同購買家居用品、穿的、吃的等機會增多，我逐漸發覺鈞堯鬈毛的可能原因——那就是腦袋中創作的理性與感性，和他在生活方面的知性互相衝突、矛盾、思緒無法「耙梳」順暢，所以他的頭髮便依循潛意識的混亂，長成那副德性。

按照星座學分析，雙子座具有兩種交替的個性，而天秤座則帶有兩個尋求平衡的秤子。跟他一起生活後，我命運中的秤鉈，便不時隨著他時而拘謹、時而瘋狂的雙重人格做調整。

比如：公開聚會上朋友向我打招呼，難免我要介紹我的老公吧！只見他的態度變得不知所挫，厚厚的嘴唇吐著口吃的言語、舉止僵硬、思考反應頓塞，說他是個木頭人也不爲過。

但如果會場中有他熟識的人在場，你將發現：他談笑風生、言語機智，黃色笑話一個接著一個，笑聲張狂，肢體動作誇張得像劇場演員——連能言善道的我也自嘆弗如！他這種特性發揮在家居生活時更加明顯。

潔癖發作時，他可以將家中裡裡外外整頓得煥然一新，還囑咐我不得弄亂環境；但平時他卻是隨手亂放東西的失序者。當一些重要物件要用時找不到，他會氣急敗壞地質詢我「你把東西藏到哪裡了？」；我也不須急著反駁，只要到他活動地盤找一找，保證東西找著了，還能促使他發動下一次的清潔工作。

洗衣服是他的家庭作業之一。他認爲洗衣服就是把所有的衣物丟進洗衣機裡，不管棉的、麻的、尼龍、羊毛、絲製品……都是一樣的洗法。

等到我們損失了一堆好看的衣服後，他才對布料稍有認識；不過，他是應用在洗衣服的分類上，至於天氣熱應該穿棉襪、男用絲襪配皮鞋、尼龍襪會造成濕脚氣等，這門生活常識，他可還搞不清楚呢！

同一國小紙條：

夫妻相處猶如性格的摩擦跟再造，過程一定會讓人頭昏眼花、內傷吐血，但唯有此，自己跟另一半的性格才會出現。另一半，是協助我們瞭解自己的親密伴侶。

耍賴老婆

鬈毛堯

「狼來了」是耳熟能詳的故事，提醒人們說謊的人將自食其果。不單經由故事，衡諸社會各層面，大約也是誠實的人少，說謊的人多。我相信說謊是人的天性之一，不過，我卻在吾妻身上發現：女人比男人更愛說謊。

我相信吾妻絕非有意說謊，但其自然流露的耍賴工夫，常讓我氣得胸窩瘀血。以下，就讓我來描述吾妻如何耍賴。（動筆前，我眞的需要調息一番，免得悶氣牽動五臟六腑）

不久前我扭傷脚褓，爲了避免影響公司作業，我特地請她把鑰匙帶去。傷癒後我回去上班，跑到她座位向她討鑰匙。

「鑰匙——」隔了一週，她對此事似無印象，想了許久才發現的確有這麼一件事。

她打開抽屜卻遍尋不著。她忽然振振有詞地說：「鑰匙，我昨天知道你會來上班，早在家裡還給你了。」她虛張聲勢的模樣有一剎那眞的嚇著我了，我心想會不會自己弄錯了，但仔細一想，根本沒有這檔事。

我表明後，她仍急於否認，我忽然想起一週前她把鑰匙放進鉛筆盒。她不情願地打開——赫，鑰匙果眞在裡面。我沒說什麼，只覺得當著同事的面爭吵，不管誰是誰非，都狼狽極了。

此類事件不勝枚舉。後來家裡裝潢，選用的木材大概是膨脹係數大了點，幾週後，地板便些微浮起。「都是你，幹嘛選用這種木材。」

她責怪我。天啊，這眞是從何說起，當時爲了選木材，還特地買裝潢雜誌參考。「你沒搞錯吧，這木材是我們共同決定的吧？」

她對我的辯白根本理都不理，自顧自地說：「都是你害的。」

接著有一天，我們去歐洲玩，到了最後，現金已經所剩無幾。購物的時間還有，要不要再換現金呢？在我猶豫時，她低低說著：「我剛看見一件衣服，還蠻美的。」我於是換了現金，陪她走到專櫃。

「唉，我不太喜歡這件衣服。」她忘記不久才說過的話，忽然指責我：「你幹嘛又換現金，現在花不完了，怎麼辦？」

吾妻一直在重複「狼來了」的把戲，然而至今爲止，我始終是受害者。當然有人會說：男人嘛，多讓一步又何妨？是啊，如果娶妻是種修行，眼下的我顯然道行不夠，沒有太大的肚量忍受吾妻的賴皮。

同一國小紙條：

「難得糊塗」常被人掛在嘴上，夫妻間有時也要糊塗糊塗，因爲，一段處處精明的婚姻經常會變成斤斤計較，後果如何可以想像了。

護士老婆

大頭琳

不知是誰以訛傳訛，認定有一身均勻的黝黑皮膚，就等於領了健康的保證書；高高壯壯的人，一定比較少出入醫院診所。很抱歉的是，幾年前的我恰是如此判斷者之一。因此在選擇男朋友的條件時，心裡頭已列了這種非科學的「擇偶要素」。何況，像我這種纖細瘦弱的女子，總希望有棵大樹能讓我依靠、爲我擋風遮雨。

鈞堯，就符合上述條件。不過婚後，我才發現這個外貌壯碩的男子漢，其實是個大藥罐。

不久前，他忽然身體發燙，皮膚發癢不已，便急忙跟我說：「會不會是感冒外加皮膚過敏，搞不好已經冒出併發症了，我得趕快找醫生打退燒針。」爲了安慰他受創的心，逼不得已，我權充蒙古大夫，診斷他應該是長水痘。

「你想謀殺親夫嗎？生病看醫生有什麼不對。」他不以爲然，爲了當一名體貼的妻子，更爲預防殺夫罪名，我只好陪他上診所。

他憂心忡忡掀起褲管，醫生看了病腿半眼，馬上判定是水痘。走出診所，我數落他不只花錢還挨痛。他反駁說：「肉痛總比心痛好吧。」

這名六尺男子漢對身體反應的諸種症狀，其實是非常「龜毛」的。頭痛，會讓他聯想起高血壓；頻尿，使他懷疑是否膀胱無力；手脚痠痛，便懷疑是糖尿病。愛護身體是人之常情，但雞蛋裡挑骨頭，雞蛋就變成排骨了。

「最近眼睛常出現紅血絲，我覺得應該買瓶紅蘿蔔素吃吃。」一買就是六瓶；「維他命C可以預防感冒，家裡應該要有。」他立刻買了兩種。

我沒料到婚後，聽到的不再是甜言蜜語，而是他的病情報告史。下了班，他常拉著我逛屈臣氏、萬寧、康是美，家裡的藥物越來越多，逛藥局竟成了他極大的樂趣。

就這樣，我對他那身黝黑皮膚、壯碩的體格有了不同的判斷，以前巴望他幫我擋風遮雨的念頭也幾乎打消了。有一次，他知道有名醫生工夫了得，專治脊椎，便興沖沖跑去就診。反正他認爲自己有病，就隨他去吧。誰知道他後來在電話告訴我，就診途中，他的脚扭到了。

「下班後，記得幫我買虎皮藥膏。」他交待。

看來，我不只是他的妻子，有時還得變成他的護士。

同一國小紙條：

婚前的他經常會出現落差，沒關係，別太在意或悲傷，你已經逐漸瞭解眞正的另一半了。

婚姻預售

鬈毛堯

建商常在工地搭建精美的樣品屋，好像放了個活證據：瞧，以後你們的新家就跟這房子沒兩樣。至於完工後，能否獲得同等精美的房子則不得而知了。預售屋滿足許多人的築屋夢，背後的意義似乎是周瑜打黃蓋——反正你愛做夢，我來賣夢，誰也沒得怨。

覺得預售屋跟結婚滿相似的。

我們習慣在婚前勾勒未來生活，有一首歌不就這麼唱著：「你儂我儂，忒煞情多……什麼把你、我打破，再塑一個你、一個我，你中有我、我中有你……」這首歌的境界委實崇高，幾可當作「婚姻國歌」

來唱。

不過，望著吾妻怒怒瞪我的樣子，幾乎忘記我們也曾是婚姻夢想族的成員，以爲邁向紅毯彼端就是快樂天堂。

我們曾有過以下夢想：嗯，結婚後我們要更相愛，分享對方擁有的一切。我們沒料到結婚確是種「侵佔」行爲，婚禮第二天醒來，發現床被佔用一半，電腦使用時間殘餘三分之一，牙刷因爲雙人使用加速折舊，連上廁所都沒能輕鬆。

「討厭死了，老是霸佔電視遙控器，爲什麼我要陪你看NBA、美式足球賽。」

前一刻，吾妻終於忍不住發作，因爲她要看電影，然而我卻沒得讓。開什麼玩笑，芝加哥公牛大戰紐約尼克，東區宿敵狹路相逢豈能錯過？我再度奪過遙控器。

「啊，你看，喬丹過人上籃多精彩！」我忘情大喊。吾妻顯然連重播的慢鏡頭都錯過，她正怒怒瞪我。

「結婚後，我一點空間都沒有，你看，書架上都是你的書，我的書只好放在角落。」她指著一堆詩集接著咆哮，「你看NBA，我只好去看書，你現在還迷上什麼狗屎屁的美式足球，電視是你的、音響也是你的……啊，你還抽菸——嗚，連空氣也不是我的——」吾妻一口氣說完遭我侵佔的領土後，又奪回遙控器。

結婚之後我早就有感覺，我像滿清末葉那段歷史，一天到晚打敗仗、割讓領土，我的疆域正一天天縮小中。吾妻抓狂後，我才發現「侵佔」發生在彼此身上。

結婚跟買預售屋眞的很像，我們不知道將買到什麼樣的夢。不過眞的，我們再也沒爲遙控器吵架，我們流行另外一套。

「不行，上禮拜是我倒的垃圾，這次該你倒，沒得商量。」

大象腿與窄裙

鬈毛堯

不管是交往或者婚後，吾妻艾琳對自己的打扮向來非常自豪。她雖然頭大而身體稍小，但不容否認的是衣服到了她身上，就自然跟她成爲一體。關於穿衣服，她有句名言：「記得是你在穿衣服，而不是衣服穿你。總之，意志決定服裝。」

很偉大吧？然而，我卻因爲這句名言而自卑。總覺得我不管穿那款衣服，我還是原來的我，一點變化都無。吾妻便成爲我的穿衣顧問，她說什麼，我就穿什麼，我的穿衣審美權遂自然去勢了。

我們都同意穿窄裙的女孩有股俏麗的美，夏天一到，我們的視線便不禁被穿窄裙的女孩吸引。「看，那個女生的腿眞漂亮。」我在公車發現一幅人間美景，便搖醒打瞌睡的吾妻，在她耳旁偷偷通報。

「眞的，在那裡？」公車上忌諱指指點點，我隨即眼神示意，一位娉婷而立的女孩正站立車廂前門，準備下車。「哇，眞的美極了。」吾妻大夢初醒般，忍不住發出讚嘆。下一站到了，美腿女孩下公車，我們不約而同往後望，一直到公司，仍然讚美不已。

我從來不反對女孩子穿窄裙，那是一道亮眼的點心，讓人心情愉快。

有天早晨，吾妻喜孜孜穿著窄裙，還偏著頭說：我穿這樣好不好看？我的媽啊，我絕對不是因爲容不得他人欣賞吾妻，而是那腿怎麼看，都讓我覺得太粗了。我於是說：「我眞的不反對你穿窄裙，但是，市政府並未舉辦大象賽跑啊——」

「我並不覺得我的腿有多粗。」吾妻歪著頭側看，完全不以爲然，果敢地邁出家門。

天氣一熱，眞有不少女孩穿窄裙外出，這一比較，吾妻簡直變成大象腿。當天，岳母剛好到公司找我們，一道用完晚餐，看著走在前頭的吾妻，終於忍不住說：「這款身材，還敢穿這樣呀？」吾妻停下來，仍然是那副自以爲是的模樣。

爲了制止吾妻嚴重污染都會風景，每當她想再要穿窄裙時，我就數落她說。「拜託，記得媽上次怎麼說你，眞是的。」後來便引伸出「大象腿也要穿窄裙」這句口頭禪。

在口頭禪的調侃下，吾妻終於慢慢認識自己的「天賦」絕非意志可以克服的，而審美權被去勢的我，終於也吐了一口悶氣。

同一國小紙條：

眞正的欣賞是在熟悉彼此後，還能站在遠處，像觀賞一副畫，靜靜品味。

補「息」大師在我家

大頭琳

中國人似乎對天生的條件總感到不滿意，因此發展出一套「補後天」的概念。

吃腦補腦、吃眼睛補眼睛、吃鞭補鞭、吃老虎便可以變成勇壯之人‧‧，完全是採「同理可證」的對應法，實則沒一點科學根據。但這種根深蒂固的觀念，卻已經化爲遺傳基因，影響了千千萬萬個中國人。我老公就是一個典型。

別看鬈毛高高壯壯、皮膚黑黑，一副健康寶寶的模樣，其實他的保護層薄弱得很，流行感冒常常都躲不過；加上工作之後，長期坐在編輯台寫文案、打電腦、閱讀文件書籍，難免腰痠背痛、眼壓過重、近視加深、中暑、五十肩、頭痛……這些「症頭」相信許多人也都有吧！不獨他一人做耶穌，把大家的痛苦全擔了。偏偏他可是惜肉如金，自戀自憐。

總算他還有點現代化，食補方法沒那麼古板，要不然憑我那一手肉脚的烹飪功夫，廚房可能會變成化學實驗室。

他的「食補大全」是從頭補到脚、由內補到外，雖然理論正確，但實施起來他卻分爲細項：魚肝油、紅蘿蔔素、深海魚肝油是補眼睛的，牛奶和鈣片補骨骼，爲了補體內纖維質和維他命，有機飲料的濃縮小麥草汁、金橘汁、紅莓汁、芝麻麵茶、薏仁五穀杏仁枸杞蜂糖漿……舉凡中西食補藥材、食品、飲料通通齊全。

致於食用的時機，他只要哪個器官比較不舒服，才會想到哪種營養品的攝取。鬈毛好像忘記營養必須是平時均衡攝取的，不是用來臨時「救火的」。

自從我懷孕後，鬈毛更有理由買補品回來，冰箱和儲藏匱常常塞滿東西；看著五顏六色的瓶瓶罐罐，有時覺得還眞像太上老君的煉丹房，而我們的肚子是那個沸騰的丹爐！

補品這些東西自然對人體有助益，但林林總總混著吃下去，身體又不是果汁過濾機，多少總會產生副作用。

認識的法師朋友，勸我們偶而嚐試以「斷食」方法，將體內毒素排出，或素食一陣子讓腸胃休養調息；但他還是秉持中國人觀念——把補品吃下肚才算是「實質上的補」。

吃了那麼多營養品，也不知是眞補還是補心理作用？

不過像鬈毛如此體貼自己的人，近來似乎也增加不少，要不然雞精的品牌和口味也不會越來越多了。你說是不？

她正在把我FORMAT

鬈毛堯

電影裡男主角（或女主角）常信誓旦旦地說：不管以前如何，從今以後，我的心裡只有妳（你）。人眞的可以像電影一樣，嚴格地劃分未來與過去嗎？人是回憶的動物，只要不過分，偶而回憶之又有什麼干係呢？

其次我要說的是電腦中FORMAT（格式化）這項指令。

使用磁片須先格式化，磁片滿了或者要淘汰檔案，也可以使用FORMAT使磁片新生。提到回憶跟FORMAT，主要是結婚後發現我的回憶正不斷被吾妻格式化，我正慢慢變成一張空白磁片。

我常以爲老年後唯一眞實的恐怕只有回憶，我因此相當重視。

我如是想：我要如何克服老年癡呆症，回憶往事呢？於是，我便趁年輕留下線索，以備老年之需。也因此，我有幾個抽屜堆放了滿滿書信，而這些書信在搬家時曝光了。

「嗨，妳好，我是三年十二班的吳鈞堯，我想跟妳做個朋友——」整理信件時吾妻翻閱其中信件，抽出一封我國中時代的信，嘲諷地讀著。她接著挑選其他信函。「哎喲，這麼多筆友來信，你以前原來這麼無聊啊！」她依然譏諷，說著說著，便把我的信件都丟進垃圾袋。

「不要丟——」我大喊。年輕歲月那有不靑澀的？就算眞的愚蠢到家，畢竟也是人生的一部份。我趕緊撿回信件。

「你留那些信件幹什麼呢？眞無聊。」她抱怨，我便把留待老年回憶之用的想法講了一遍。她輕哦一聲沒說話，忽然勤快得非比尋常，幫我過濾資料。結婚年餘，她唯有這次最勤快，但我無法感動，反倒埋怨不已，經過她手的信函一封封被丟掉了。我想，她正在「格式化」我的過去。

後來家裡進行整理，她負責主臥房。我洗完窗戶、紗窗、地板後，仍看見她蹲在主臥房前，煞有介事地整理舊信件。

「丟了吧，這些無聊信件沒什麼好留的。」我說。

「我才不丟哩，這可是我的歷史。」她完全遺忘不久前，她正殘酷踐踏我的過去。

「妳的信件捨不得丟，爲什麼拼命揀我的丟？」

「妳好，我是三年十二班的吳鈞堯，我想跟妳做朋友——哇靠，這種信件有什麼好留的？」

我沒有計較，也不再舊事重提，但我知道的是結婚後，男人的「回憶貞操戰」也緊跟著緊鑼密鼓了。

同一國小紙條：

過去點滴（尤其是敏感的愛情故事）要說趁快，不然，就幫自己打副鎖，把秘密鎖在裡頭，接著，再把鑰匙丟了吧。

我在假日挨餓

鬈毛堯

「你跟艾琳興趣差不多，結婚後應該很好吧？」

某婚宴上，我們恰好跟文訊總編輯封德屏女士同桌，知道我們創作背景的她這麼問著。我不知道所謂的『好』是什麼意思，一時間竟不知如何回答。不過我猜想，一般人恐怕對『文藝夫妻』抱持過量幻想，我們仍然活在現實，需要吃飯的。

是啊，我們是來喝喜酒的。快七點，婚宴尚未開始，大約是飢腸轆轆刺激我的潛意識，我遂皺起臉來如是說：唉，你不知道，我的處境距離水深火熱雖然還有距離，不過也爲期不遠。

「怎麼回事啊？」封女士關心詢問。她的關切令我感激。

「眞的不是什麼大問題，只是長期以往，我大概會因爲營養不良，罹患衰弱症。」

有句流傳已久的名言是：要管住一個男人，得先管好他的胃。老婆如果有一手好手藝，老公包管服服貼貼。名言其實早已面臨崩動，現在的黃花閨女多半只關心花臉美不美，老媽料妥一切，往後的問題便留給上帝了。一直到結婚後，奇爛的手藝跟拙劣的家務處理方法終於浮上檯面。

結婚後，我們的家事採取分配制，她管三餐，我管淸掃。看起來似乎挺民主的，不過，她處理一頓晚餐約需一小時——別誤會，這跟慢工出細活無關，反正菜餚上桌，我只能區分第一盤是纖維質，另一盤是葉綠素，我吃只是因爲我餓、我的身體需要。到了假日，那可更慘。

「因爲睡得晚，起床後她便草草料理午餐。記得上星期，她可眞省事，直接蒸饅頭——吃得淸淡也就算了，沒料到才蒸兩個，搞得我那天下午餓得頭昏眼花。」封女士不禁莞爾。

「是眞的，絕無虛構。」吾妻跟朋友招呼後，已經回桌，封女士直接問她，「是不是眞的啊？」

「沒辦法嘛，兩個人吃飯，眞的很難料理。」吾妻尷尬地說。

幾個星期後，我們收到一封信，是封女士寄來的「文訊家常菜」。收信迄今又隔多月，吾妻始終未曾照單烹飪，我依然得在假日挨餓。直到最近，眼看著自己逐漸憔悴，每逢假日來臨，我便拖著她上超商買乾糧，免得餓著了。

「幹嘛買那麼多化學食品？」吾妻天眞地問，我的胃則在哭泣。

同一國小紙條：

廚房，是考驗現代婦女的地方，現代婦女從廚房端出的餐盤，是考驗現代男人腸胃的試題。

混血潘安妙事多

大頭琳

人人都說「情人眼裡出西施（潘安）」，我們夫妻倆從交往算起，也有個八、九年了；當初爲彼此取的綽號「未來文壇的黑馬王子」、「詩壇第一美少女」，現在講起來都會笑得無法呼吸。

因爲我們早已在熱戀盲目期過後，發現對方是鬈毛章魚、非洲土著、親嘴熱帶魚、變態金魚（老公的小名），大頭娃娃魚、大頭青蛙、彈凸魚、螃蟹（我的別稱）……形象不僅遠遠脫離俊男美女的標準，而且還越來越靠近「非人」的模樣！

這倒不是我們的容貌變了，而是在近距離的相處後，發現了對方最卡通化的諸多特徵。

假如你矇起眼睛，旁人提示你，「請問，皮膚巧克力色、眉形似彎劍、眼睛大如牛、鼻樑高聳而鼻翼外張、嘴唇上下均厚且微凸、頭顱圓圓像足球、一頭鬈粗的毛髮、體形壯碩，這是哪一種族的人？」你大概會說拉丁裔、印度人、第三代混血黑人，或則是彪悍的非洲人？？

很抱歉，以上敍述其實講的是我老公——吳鬈毛鈞堯黑狗兄。

也許他的特徵很「不一般」，但是組合起來還蠻帥的，許多人都覺得他斯文儒雅的表象下，有一股義大利黑手黨「壞壞野野」的氣質。這點在他私下飆起黃色笑話的時候，親朋損友可以點頭證明。

至於他帥得有點古怪的外表，我和他則是常常碰到以下的「質詢」——出遊至臺灣高山風景區，原住民同胞會以親切的「母語」問候他。一次在清境，某位賣水蜜桃的果農，嘰哩咕嚕向他說了一大堆話，最後看著鈞堯一臉茫然，才用國語感慨地說：「原來你不是我們的族人？」

到了國外情況更多……

在泰國海邊，一些專門釣日本女人的沙灘男孩，看到我們狀極親暱，有人以曖昧的言語和眼神向他示意「嗨，有成績了嘛！」，令我們尷尬萬分又不知如何辯解。

到馬來西亞度假，服務生像發現新大陸一樣地問「 Are You a TV Star? 」「No。 」「 Are You Mix? 」「 NO，I AM Realy Chinese！」這樣他還不滿意，直問到鈞堯的爸爸媽媽、祖父母輩有無混血的地步，他才掛著一張疑惑的表情離去。

而在新加坡、印尼、歐洲等地，也都有不同國籍、種族的人要跟他相認！

唉，長得帥不如長得巧，至少，他令人印象深刻。

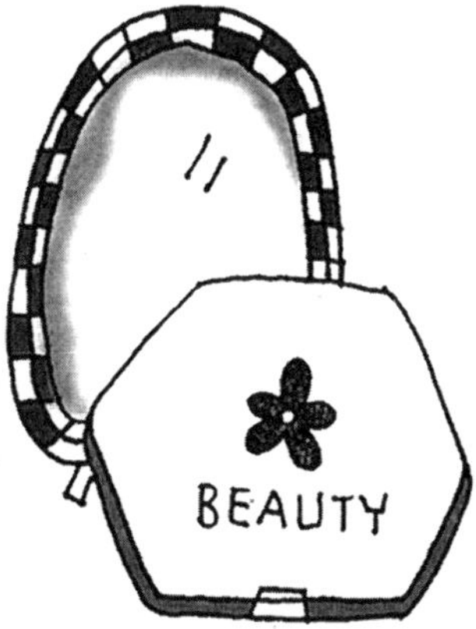

咩咩童話

鬈毛堯

「從此，公主跟王子便過著幸福美滿的生活」——這是耳熟能詳的童話結尾。小時讀，總覺理所當然，當時年記輕，結婚屬於幻想的事，小小的腦袋只要對愛情抱持浪漫憧憬即可。不過，我相信王子跟公主後來可能也要爲了分配家務而吵架，爲了彼此的毛病而忍氣吞聲，這些事雖小，進入實際的婚姻生活，芝痲小事可就件件都大條了。

話說世紀末時，有對王子、公主終於結婚了（哈，歹勢了，這裡的公主跟王子指的就是我跟吾妻啦），他們在祝福聲中走上紅毯，展開人生的新旅程。如果是童話，故事就該在此完美結束，可惜他們活在台北城，結婚後第二天，他們一起床可不是甜蜜的深情凝視，而是——

「喂，快起床囉，地板還沒擦，醬油已經沒有了，該買衛生紙啦——你是怎麼搞的，打噴嚏別朝著人打啊！」後來，我們蜜月時發生一件大事，我搭乘某樂園環園列車時，老是聽見有股「嗡嗡嗡」的怪響。

「你沒聽到嗎？」我又學了一次。吾妻雖然還是沒聽到，可是悲劇就這樣扎根了。許多天後，不知吾妻那條筋秀斗，把「嗡」改成「咩」，而且發展出不同的「咩咩之歌」。

剛開始她還懂得節制，不隨便亂咩，她回家第一件事情非洗米煮飯、非擦抹桌椅，而是大唱那首足有數十秒鐘之久的咩咩之歌。「我已經忍很久了，再不咩，我會非常難受。」她頗受委屈地說。節制終於還是摧毀了，有一次她竟在公車上，忽然高聲「咩——咩」。

節制一旦突破，便很難再克制，後來，她還在辦公室裡唱起咩咩之歌。試想這麼一個畫面：吾妻站起來，不管其他同事正忙著遞公文或者打報表，居然旁若無人地咩起來。可怕的是她一旦咩了頭，便得咩到尾，辦公室倏然安靜不已，不得不聽著她的咩咩之歌。

她往後還把「綠油精」、「結婚進行曲」等一律用「咩」音替代，常常一曲咩完再咩下一曲。我雖受不了，但又不能要她閉嘴，因此，往後她再咩咩時，我便報以咩咩。因此，我們家變成動物園，整個屋子回繞著「咩啊，咩啦」等怪叫。

不知道童話以外，公主跟王子過著那種幸福美滿的生活？我也不知道，你們家裡正上映著那款世紀末童話？

同一國小紙條：

另一半的惡習慣，建議您當作婚姻必要之功課吧。

我們是情色夫妻？

鬈毛堯

自由時報主編彭樹君對我跟艾琳有相當貼切的形容：你們兩個人眞是「和諧但不搭調」。和諧者主要是我們的性格一動一靜，而其間的衝突也是造成不搭調的原因。不過，近幾年來，我們在情色的描寫卻是不謀而合。

讀過我情色小說的朋友常問：你怎麼把床第之事都虛構出來了。我矢口否認：「拜託，如果以她爲範本，女主角個個頭大身體小，小說可就一本都賣不出去了。」

吾妻的女性自覺詩一篇篇發表後，也有人詢問：妳描述的男性是以先生爲藍本嗎?吾妻則反駁:「他講話大舌頭、嘴唇又厚,那有資格到我的詩裡頭來呢。」

我們的確經常交換心得,不過我們也常常想到以下問題:幸好,妳寫詩我寫小說,表現方式各異,否則我們可能要爲了爭取著作權而吵架。文藝夫妻的確難爲,加上年齡僅差一歲,便爭論不斷。

比如看完「辣姊妹」電影,吾妻很快地以「黑人版末日狂花」稱之,我則認爲電影中的黑人意識太牽強了。後來又欣賞「驚世狂花」,吾妻臭屁得很,報以「女性版教父」封號。我則不以爲然,「教父」並不適合跟顚覆男性權威的女性電影對比。

總之,我們的相處之道並不「和諧」。不過,如前所述,我們都對「情色書寫」無法拒絕,「情色夫妻」之名遂不脛而走。不久前有個令人臉紅心跳的採訪,某記者在報導中指出吾妻的詩以「女性情慾」一以貫之，而我大概是台灣有史以來第一個「買書附送保險套」的作家。

更「色」的還在後頭，記者引用書中片段：「她任兩片柔嫩的唇以蜈蚣的姿態挑逗夾在雙腿之間的情慾——她反客爲主，以渾圓的膝蓋抵著男子豆腐乾似的腹肌。」

接受採訪不算壞事，然而這種另類報導出現，並且爲親朋閱讀後，便出現了幾種反應。一種表示羨慕得要死，經追問下，卻不知道他們在暗爽些什麼。一種則大嘆時不我與，不瞭解這對「情色夫妻」葫蘆裡賣什麼文章。

我們一致認爲「情色」既是人生的部份，逃避它不如面對它。於是，我們家裡便會出現這類對話：月經來時有什麼感覺？男人眞的是「性思考」的動物嗎？

她把自己變小了

鬈毛堯

說來奇怪，自從婚後，吾妻彷彿變成另一個人，現在的我居然需要外人的描述，才能確切知道她到底變成什麼德行。外人如是說道：「我覺得她像個女強人。」或者：「顏艾琳啊，我覺得她滿自主的、能言善道，甚至有點大智若愚的味道。」

每當聽到上述形容，我總不知不覺張大嘴巴（可能還留下口涎吧），質疑地想著：他們說的眞是她嗎？事實上，我不至於忘記吾妻婚前俐落的行事風格，但她婚後的種種荒謬行徑，逼得她以往的印象漸行漸遠。

我相信你會在口渴時吃西瓜或喝可樂，但不至於在飢腸轆轆時，一邊吃西瓜，一邊喝可樂吧？但就有那麼一天，吾妻大喊肚子餓、口渴，不久，她坐在沙發上低著頭猛吃東西——她正邊吃西瓜邊喝可樂。

那一刻，我眞希望我是喜劇演員金凱利，可以把下巴誇張地拉下，用以表示錯愕。可惜我不是，或許還缺乏欣賞她荒謬演出的幽默感，我不禁失聲尖叫：「天啊，你是小孩子嗎——小孩子也不會這樣子吃東西。」

有一部電影是「親愛的，我把孩子變小了」。劇中充滿科學式幻想，最後的高潮是變小的孩子終於獲救，變回原來的樣子。以當下的科技而言，人當然不可能被變小，不過，人的心卻有可能變小。

吾妻其實沒有變成另一個人，她只是變成小孩子、變得讓我覺得不可思議。我想，童年是一般人最難忘卻的時光，我們都想回到從前，重溫那段充滿想像的無憂歲月，婚後，她眞的讓自己「回到從前」了。其他的荒謬還包括她老是要我陪她玩，玩什麼？其實什麼也沒玩，只是像個小孩子似地你打我一下、我拍你一掌；有時候她竟會突襲我的癢處，逼得我不得不發火，到後來只好吵鬧收場。

玩性來時，小孩子通常是無法抗拒的，吾妻也是一樣，管不著是上班場合，便當著同事的面發嗔：「人家中午要吃麵，不管啦，你要幫人家付錢。」同事們亦非金凱利，他們只能狐疑地盯著，然後暗想：這對夫妻是秀斗了嗎？

我相信一定會有那麼一天，吾妻將從小孩子退化成嬰兒，她將越變越無能，然後大小事都可以不用做。我懷疑，這會不會是她的陰謀呢？

同一國小紙條：

夫妻間也是相對的，有高、有矮，有胖、有瘦，精明或無知，以相對的關係看夫妻，許多爭端都可以灰飛湮滅了。

魔鏡呀魔鏡，誰是……

大頭琳

每個人一天中總會照幾次鏡子，不論是刮鬍子、擠擠青春痘、洗臉、換裝，或者純粹自顧自憐，對著鏡子自問自答……不管長得美或醜，還是得面對自己的一張臉。

一般而言，女人比較注重打扮與保養，跟鏡子打交道的年紀與時間，要比男人早而且長久。

據說男人大多是在青春期開始後，和談戀愛把馬子時，才會注意到鏡子裡畫面的變化，這兩個時期，身爲男人另一半的我，雖然無法躬逢其境；但我卻在一次事件的轉機下，見證到男人爲了面子問題，可以徹底改變他頑固的觀念。

大學期間，鬈毛自高雄直奔輔大來探我的班，不意，我那快言快語的同學居然當著他面說：「是不是你大哥呀？」一向自認為長得幼齒兼古椎的鬈毛，霎時心中的防護層破裂了！

「那丫捏，我們才差一歲，看起來有差很多嗎？」鬈毛一定認為，我看起來比較像他姊姊！

受此打擊後，從不注意保養肌膚的他，開始關心臭氧層、紫外線、空氣指數。初時我誤解他的轉變，直到他某日誇張地：「哇！美國和加拿大的森林大火，將造成臭氧層破洞更大了！大頭，報紙說再怎麼銅牆鐵壁的人，都應該要抹上保護霜，否則容易罹患皮膚癌、肌膚過敏發炎等症狀。」

奇怪，我早時勸告他，西子灣海風大、四季如夏，要小心臉被曬成風乾橘子皮，他還反駁，男人就是要有男人味，多一點滄桑就多一些成熟，「自然才是帥」。現在卻拉著我去買歐雷？

他變了。他居然和我討論化妝品的優劣、男生和女生肌膚老化的問題差異、如何按摩保養皮膚……他瀏覽鏡子的時間多了，隨身也帶著小鏡子照呀照，那模樣比白雪公主的後母還令我起雞皮疙瘩！

經過數年保養的成效，他天生「烏肉底」雖然無法漂白，不過雜紋消失了，深深的魚尾紋也淡化不少，他非常自得在周遭同齡男士中，「面子」是最有看頭的。而我也習慣他在洗澡後，以美人魚姿態坐在沙發上說：「大頭，鏡子拿來。」抹擦保養品的嫵媚了。

唉，我眞想問「魔鏡呀魔鏡，誰是我家最愛美的人？」那答案會不會是讓我心驚膽跳的「鬈毛」？

不行！我得把自己的保養品升級囉……

同一國小紙條：

我要爲男人說句話：愛美是人的天性（不只是女人喔！）

我的生日禮物

鬈毛堯

婚前，我倆就達成默契：儘管薪水微薄，總盼望一年能夠出國幾趟。純粹的玩，也算是目的之一吧，更重要的是我們希望不要被生活擠壓得一些些空間都沒有。不久前，我們夫妻抽空到歐洲，行經的國家包括瑞士、德國跟法國。

我們並非爲了購物而去，所以在出發前，只攜帶了一點點現金。不過到了巴黎時，卻發生了出國前沒有估計在內的費用。到過或耳聞巴黎的人大約都知道當地有幾個有名的秀場，如「麗都」秀、「紅磨坊」秀以及「瘋馬秀」。大概有些賺頭吧，導遊在車上極盡口舌地宣傳這些秀有多麼多麼地精彩。

「瘋馬秀的表演者是這幾個秀場挑選最嚴格的，你不見得每趟來巴黎都非看不可，但一輩子總得看上一次的。」彷彿秀場也成了朝聖勝地，大有不看終生遺憾的樣子。

我終於還是被導遊的話術打動了，然而出國前，我們並沒有列入該款項，如果眞的去看了話，勢必影響日後幾天的消費。我眼露「飢渴」地望著吾妻，「飢渴」的眼神不斷說著：我想去、我要去、讓我去吧——

知我心吾妻也，所以當巴士車在瘋馬秀秀場停下時，我便準備好百餘美元，跟著其他觀光客下車。

「你太太沒有一起來嗎？」

「你太太怎麼放心讓你一個人來？」「你太太眞的太不尋常

了！」同行的觀光客們見著只我一人，驚訝之餘，羨慕之情接著表露無遺。其實，出國那段期間，正值我的生日。吾妻望著我的渴盼眼神，便釋懷地說：「好吧，反正你的生日也快到了，就當作是禮物吧。」

秀場表演當然精彩，燈光變化、舞臺設計等，都深深捕獲我的注意。

「最重要的是表演者果眞是萬中選一，身裁好得沒話說。」事後答覆吾妻詢問時，我邊說邊原地踏步，把大腿踢得老高。這個動作正是秀場的第一個節目——著法國軍裝的表演者，把軍人的動作變成舞蹈。吾妻被我逗得笑翻了。

某熟悉命理的友人曾說過我倆是歡喜冤家，這一輩子的口角大約不少，婚後年餘，這果眞是個事實。不過話說回來，這的確是個難忘的生日禮物，試問，又有多少妻子能大方地放單，親眼看著老公走進幾近全裸演出的秀場而毫不介意呢？

同一國小紙條：

固定的慶祝儀式是維持夫妻甜蜜的方法，只可惜很多人結了婚以後都遺忘驚奇、或者約會的必要了。

卡錢專家

大頭琳

最近發行塑膠貨幣的某銀行廣告說：「這是一張最SMART的卡！」強調只要有消費，立即就享有或紅利回饋。

對聰明的人來說，不管再怎麼SMART的卡，永遠也比不上刷別人的卡，更省錢、更佔便宜的事了。

照理說，比較有能力的人喜歡充當金主，可以在「受照顧者」的面前感受那種被人瞻仰、依靠的虛榮感。因此，懂得精打細算的人，大多奉行「老二哲學」，付錢的事讓老大去出風頭；或是隱藏在正卡的背後，領一張副卡……

我相信，一個賢慧的老婆，以擁有一張事業成功的老公的副卡爲榮。「我也很想有一張你的副卡。」當我拿著髻毛剛發下來的薪水單，一面推銷某銀行寄來的信用卡申請表，學財務管理出身的他，變得很警覺地說：「我又不常買東西，倒是你，三不五時就跑去百貨公司的發表會，你應該趁現在免年費的優待，趕快辦一張。」

在他基於消費管理的說服之下，我一口氣辦了VISA卡、Master卡，另外加上三家國際百貨公司的貴賓卡：忽然之間，我成了每月擁有二十幾萬消費額度的有錢人。

辦了這麼多張卡之後，老公也關心起百貨消費資訊了。「大頭，SOGO換季特價耶，去看看吧！」號稱逛街王的我不疑有他，興高采烈地去血拼。

「這件好看吧？」

「刮鬍刀壞了，正好換一個。」

「這頂帽子也不錯。」

咿，情況不太對喲，手上提的袋子大多是他的東西，而且他說爲了累積信用卡的紅利基金，一直都刷我的卡。「喂！鬈毛，你該不是想讓我『養吧』？！」

「不會啦，我是有尊嚴的男人，你繳卡費時，錢再還你。」

結果到了要繳錢時，「這些帳款都是你刷我的卡的，錢拿來！」

「可愛的娃娃魚（撒嬌時候的暱稱），我雖然錢賺得是比較多一點，可是，房貸、管理費、水電費、電話費、給爸媽的錢、保險費、嬰兒奶粉錢，都是我在繳的……」

「少來這一套，奶粉錢還用不到！」

「那我總該存些育兒基金吧！你別那麼斤斤計較嘛，就這一次讓你爲老公買幾件衣飾。我穿得好看，你也有面子呀！」

於是，我成了他的信用卡、提款機；而他，只要消費時帶著我，自然一路順利「卡」通囉！！

好老公不可以跟朋友分享

鬈毛堯

婚後，才發現吾妻原來非常大方，不僅在金錢上，包括穿的、用的、喝的、吃的等，她都可以跟朋友一起分享。

吾妻喜歡自己動手做手環、項鍊等首飾的來由已不可考，但每逢假日，正當我埋頭看電視或寫稿之際，她便自己一個人坐在沙發上，捧著一大盤珠子、琥珀等，專心地串起各種飾品（她也只有在這個時候，才會暫時安靜，不會過來打擾我）。

「你看，我串的項鍊好好看哪！」她高興地展示作品。我看了幾眼，她的確花了不少心思在製造首飾上，比如上光華商場採購原料、觀摩他人的作法等，都費了她不少心思。但，天知道她串了那麼多首飾準備幹什麼用呢？

「你喜歡嗎，送給你戴。」她說。

我輕哦一聲，未置可否。事實上，我討厭戴那些有的沒有的東西，就拿結婚戒指來說，我也只在結婚當日爲了應景而戴了一個下午而已。看見我的反應，她便惋惜地說：「眞可惜，這麼漂亮的項鍊你竟然不戴。」

吾妻製作的飾品當然陸續出現在她的脖子跟手腕上，但她每週花在製作飾品的時間眞的頗多，逼得我不得不用「玩物喪志」調侃她。我的調侃經常都是耳邊風，過沒多久，飾品便堆得像座小小山了。有一天，我發現她精心設計的飾品竟然不翼而飛了。

「你的那些項鍊、手環呢？」

「送人了。」她輕描淡寫地說，好像理應如此。「送給朋友啊、同事啦，他們都很喜歡呢！」她補充。還記得前一陣子她媽媽送來一袋衣物，當她找到一條印有貓咪圖案的手帕時，忍不住讚嘆歡呼，還像獻寶一樣秀給我看。

「這條手帕眞可愛，我要把她送給張某某。」

「爲什麼呢，你不是喜歡得要命嗎？」吾妻的反應令我瞠目結舌。

「因爲張某某的綽號跟貓有關，這條手帕送給她最適合了。」當晚，吾妻便包好手帕，隔天便寄了出去。

人對心愛的東西難免都有點佔有的欲望，換做是我，眞的要猶豫再三，想不到她一眨眼就送得清潔溜溜了。後來，知道她的大方習慣後，我便開她玩笑：「什麼時候也把我送出去呢？」

當然，關於這點，她是絕對的吝嗇了。

怎麼挑新新好老公

大頭琳

自從「新新人類」一詞被大衆所接受後，「新新」兩個字加上任何名詞，似乎就代表世代的替換、比新還要更新、比好還要更好。

新新好男人駕駛新新房車載著新新家庭中的新新人類過著新新優質生活；我們就這樣中了「新新」的毒。

而對「老」呀，「舊」呀、「年紀」呀最敏感的女人，爲了做個歷久彌新的時代新鮮人，挑情人或老公就非得新新好男人不可，免得被歸類爲舊石器人類。

不過，我一直對「新新好男人」的定義有所意見。如果有新新好男人，那麼跟新好男人或好男人有什麼差別？或則，傳統男人被時代新女性給「看舊了」？還是「新新好」大於「新好」大於「好」有如此比值的關係？

我發覺不同年齡的男人，跟新不新沒什麼價值上的關係，倒是好不好，比較貼切女人的需求。

像我家老公就不甘願當個新新好男人，他說「新新好男人是用來給新新懶女人欺負的。」「只有像我這個傻男人一樣，在外賺錢養家，回了家還要拖地、洗衣服、擦洗家具……做一堆家事，而老婆只負責在廚房裡，烹飪一些難以下嚥的食物；能過這種辛酸生活的苦命男人，才配叫新新好好男人！」

這也不能怪我呀，我們這一代的女孩子，從小就被灌輸要好好念書；媽媽很少主動傳授烹煮祕方，而學校家政課則是用來自習和考試的，有誰教導我們將來要成爲新新好女人？

爲了彌補教育上的「錯」施，不知那個聰明鬼發明了新新好男人一詞，給了現代雙薪小家庭，共同分攤家事的最佳理由。

「如何挑選一個新新好男人？」

首先，你絕對不能找一個外表比你還新潮的男人，因爲他的治裝費和交際費，已顯現他在外蹓躂將多於在家陪你的時間；據統計，大部分的新新好男人出自舊式家庭，他們較能懂得持家理財、將心比心體貼另一半。

你相信嗎？未婚前我去鬈毛家，看到憨厚老實、忙著在廚房進進出出的吳伯伯時，就已經知道鬈毛是個可以依靠的人。

我相信好男人是會遺傳的。我有一個內外兼勤的老公，都給感謝他的家庭、以及公公的身教。挑新新好男人？不如觀察一下對方的父

同一國小紙條：

挑選另一半，猶如賽跑，輸在起跑點上，想要追贏，當然有可能，不過得花更多心思了。

另一種懼妻症狀

鬈毛堯

儘管我寫了不少文章，對吾妻的懶惰、荒謬等缺點毫無保留地曝光，其實吾妻的優點還不少，「講課」這項尤其值得一提。

大概跟她在高中搞校刊有關吧，吾妻進入藝文界至少比我早個五、六年，後來她又跟朋友辦詩刊，經常吆喝詩友聚會。無論編校刊或辦詩社，吾妻總能成爲箇中主腦，也練就了好口才。近幾年來，她常應邀參加「詩的星期五」、文學營，講課經驗雖比不上專職教師，也算頗受學生歡迎。

前一陣子，她下班之餘，還跑去兼差——幫國小學生上作文。我心想，面對七、八歲的兒童，能談什麼呢？

她怎麼上課的我搞不清楚，卻老是見她買漫畫、玩具，說是爲了給表現優秀的同學當獎品。她的確夠投入的，以至於後來她離開時，還有小朋友淚眼婆娑地說：顏老師，你不要走嘛。吾妻沒被打動，回家後卻對我唉聲嘆氣的：「唉，我也很懷念那些學生哩。」

我當然沒想到，我們後來常被邀請參加文藝營，更沒料到吾妻的講課魅力，會讓我倍感壓力。

比如二月底在某文藝營，我們一起當駐營講師，第一晚，我們的小組各有二十來人，隔天，我的小組僅餘六成人數。我原以爲學生累了，蹺課去也，沒料到經過她上課的地方，她那組的人數反倒有增無減。

我開始警覺：爾後上課，必得準備充分才行。在後來多次的文藝營上，我總算辛苦地搞了個平分秋色，沒料到就在七月中旬，我再度嚐到苦頭。

這次的陣容頗大，學生有三、四百人之譜，從六歲到十八歲都有。年齡層的差距太大了，我著實不知從何講起，我講完課時發現：哇靠，居然還有二十分鐘才下課哩。

見著我的糗狀，她馬上變更上課方式，把嚴肅的文學講習，變得輕鬆自在。下了課，學生們——那些十歲左右的學童，一個個捧著筆記本，請她簽名。

我不知道二十分鐘可以簽幾次名字，我知道的是在這段時間內，我只簽了一次。我心想，我能有一次的簽名榮幸，恐怕還得感謝我們國家「日行一善」的教育吧。

我犯不著跟她吃味，不過倒是可以學學句踐「臥薪嘗膽」的精神，經常溫習這個讓人發窘的情境。

超級比一比

大頭琳

世界的進步，乃因「比較」而來，如此，我們的生活水平、學識涵養才會不斷改善。

「比較」可以發現自己的不足或太過，進而調整本身前進的步調。教學相長的「比」，能讓彼此良性競爭，功力齊增，但如果像一些作奸犯科的歹徒，「比」人家有錢而我沒錢，就採取暴力途徑搶奪，那這種「比較」就令人心寒了。

我和老公都出身純樸鄉下，到了國中才見識到都會的強勢競爭，但際遇卻逆向而行。

他一路從放牛班爬到升學班，我則以全校第二資優高分入學，不過，後來的成績卻不理想。高職聯考後，他上南港高工、我念海山高工，學歷算是平等歸零；認識以後，相偕考大學，他上國立中山大學財務管理、我則考進輔仁大學歷史系。自此，我們的較勁，便產生強烈的互拼意味——即使後來成爲情侶、夫妻！

大學時代爲求經濟獨立，鬈毛開始投稿、幫出版社撰稿、編書等賺稿費，我白天在出版社工作、晚上利用無聊的課堂寫稿，兩人碰面時會爲上報（退稿）次數而彼此勉勵。

不過，雙子座與天秤座的人都有點自戀，加上我們在校園中得過幾個文藝獎、報章披露日益增多，於是開始比誰的才華高？誰讀的書多？誰的人緣好？誰比較會打扮？誰比較早出書？誰得獎多？

爲了面子，我們在某些記錄上難免灌水，眞眞假假地往自己臉上貼金。現在想起來覺得眞是幼稚，但我們在比來比去中，卻不斷刺激雙方各方面的成長。

出社會後，我們的比較依然繼續，比誰的待遇高、比誰的工作比較有趣、比誰的公司裡辣妹酷哥較多，總之，我們沒有什麼不能比的，連輕鬆看完電影後，還得比較誰的心得較豐富。

或許這個緣故吧，許多人都覺得我們看起來更像朋友，而不像夫妻。我覺得這沒什麼不好的，如果結爲夫妻，便喪失朋友這層關係，沒辦法談太多內心話，這也是一種巨大的損失吧！

有一天鬈毛又要來比一比，他說，「來比創作量吧，看誰寫得多！」我大喊不公平，他寫小說、我寫詩，怎可能比得過？

不過沒關係，我還有得比，「鬈毛，我們來比誰比較懶？誰的鼻毛短？誰會生小孩？」哈哈，我贏了！

同一國小紙條：

夫妻間比金錢收入眞的傷感情，比「誰比誰更愛誰」，會更好吧！

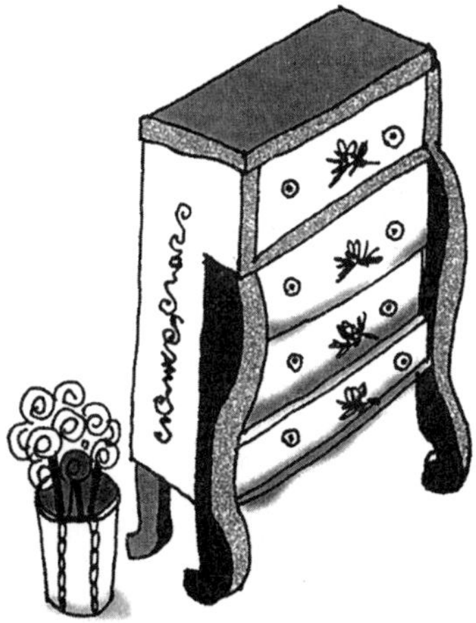

留些秘密在心底

鬈毛堯

電影裡，女主角對男主角說：不管你過去如何，我就是愛你，讓我們的一切從現在開始。電影是另一種童話，它改編現實，並添以幻想成分，讓生活變成可以瞻望的故事，令人好奇的是，女主角眞能忘懷男主角過去所爲嗎（或者反過來）？

我想，男女初戀時，並不知道爾後彼此的依賴性，慷慨的話自然容易出口。

「我們在一起後，我才不會管你那麼多哩！」這是吾妻初戀時對我說的話。當時她滿懷雄志，大有成就一番豐功偉業的氣勢，這樣的她，自然把兒女之情當成絆腳石。那時候我在高雄讀書，難得干擾她，對她的事業發展應該頗有助益才是，然而時日越久，那番不會管我太多的話便逐漸變質了。

「你有沒有想我？」她在電話裡問（我當然得回答有）。

「有沒有交別的女朋友？」（如果有的話也不會讓她知道）

儘管我的回答都讓她滿意，她還是不放心，常抽空到中山大學找我，還故意在校園手拉手散步，讓我的同學都認識她。（這一來，就算我眞的想情變，也苦無機會了）

然後，不就畢業、投入社會工作了嗎？

許多校園情侶工作後便分手了，原因之一是理想跟實際難容，之二是視界大開，可供選擇的伴侶大增，何必單戀一朶花或一株草？這時候，我們的感情已逐次成熟，卻尙未論及婚嫁。

「明天到你公司，然後一起去看電影吧！」吾妻說，我料到這無非故技重施，用來阻退潛在競爭對手（時日漸久，我便被套牢了）。

以上所說的都屬感情進行時吾妻慣用的伎倆，我也拿當初她說的「我才懶得管你」這句話質疑她，然而她說：「我有講過這樣的話嗎？！」

被套牢的我，有一天果眞走上紅毯的另一端，這時候的她，已忘記早年的雄心壯志，而被婚姻喜悅沖昏頭的她，對丈夫的態度也不同婚前。

「你說，你到底愛不愛我？」我的回答照樣令她滿意。

「到底有多愛？」媽呀，這該怎麼回答！到後來，她終於連我的過去也不放過了。

「說，你到底喜歡過幾個女孩？你還會想念中壢那個女孩嗎？」

最後的結論是，女人善變（或反之），適當的保留或許更好吧！

都是你的錯

鬈毛堯

結婚年餘，自己看自己都覺得驚訝，原因是結婚後，我眞的改變不少。有人說，鬈毛的人脾氣不好，對此我不否認，不合理的事的確會使我火冒三丈，記得幾年前我在某公司開會，好不容易輪到我發言，我卻氣火攻心，情緒激動，幾乎講不下話。結婚後，這情況改善了，主要是娶了個賴皮老婆的緣故。

西遊記裡，唐三藏對孫悟空有過如是評語：孫悟空天生機靈，但猴性使然，天生頑劣。我非唐三藏，吾妻自非孫悟空，但吾妻屬猴，每當她「頑劣」時，我就眞想要一個唐三藏馴服孫悟空的金箍套。吾妻如何頑劣呢？比如瓦斯沒關這事，我發現後，不動聲色、客氣地把她請到陽台，指著瓦斯開關，「你看，這是什麼？」

「啊，瓦斯沒關呀？」這大頭糊塗蛋，瓦斯沒關也不是第一次了，但這一次的情況嚴重，從她昨晚洗完澡到現在，已過了整整一天。換句話說，這麼長的一段時間內，她根本就忘記有這回事。

「有啊，我記得我關了呀？」她發揮猴性，矢口賴皮。

我問道，難道昨晚不是你最後使用瓦斯的嗎？現場罪證確鑿，她雖啞口無言，但仍不示弱地說：「你為什麼不出來檢查看看呢？」

MY GOD，這也是回答嗎！此類強詞奪理的事層出不窮，有天岳母到家中作客，抱怨拿回家許久的青草茶，都沒有煮來喝。吾妻突然兇巴巴地說：「都是你啦，都不煮。」家裡的事早已分工，自己懶，又把過錯推到我身上。看著那張頑劣的表情，我幾乎發作，便得忍著氣對岳母跟小舅子說：「你們現在喝的綠豆湯，還是我熬的呢！」

總之，舉凡大小事，吾妻都習慣性地往我身上推，比如地瓜忘了煮，待想到時，已長滿芽；好意買香蕉給她吃，她一擱又忘了，直到我拿出一看，早已熟爛。再如她要我幫她列印資料，我打開電腦檔案便火大，她亂用半形的字元當標點符號，使得檔案很難整理；我怪她，她還說那是我教的。這些讓人哭笑不得的情況一多，一個人的脾氣當然也磨平不少。

這一天，吾妻因為懷孕之故而腰酸背痛，她責怪地說：「都是你啦、都是你害的啦！」這一回，我承認了。

同一國小紙條：

許多人對自己婚後的「變」很難原諒，一旦知道是另一半把自己變了個樣，常會冒出火，這時，不妨問問自己：到底，誰變得多呢？

疼老婆的方式

大頭琳

夫妻之間總有一些秘密的、特殊的示愛方法。

我一位朋友每年總在生日、結婚紀念日時，收到丈夫送的鑽戒，結婚五年，她已有十枚造型殊異的定情戒。另一對則喜歡在人多的聚會上，偷偷趁人不注意時，小鳥一樣互相啄來啄去，引以爲「脫軌的刺激」。

前者的浪漫，是花錢來保值愛情；後者的樂趣，在於兩人要有點孩子氣來配合。至於我家鬈毛對我的示愛方法，還眞是套一句閩南話「疼某大丈夫」——這是什麼意思？簡而言之，就是「貼刺青」。

時下智慧人流行「種草莓」，已示男女朋友之間的親密、熱烈。我們家則不然，感情越好、身上的刺青就越多。

你一定覺得奇怪，又不是混黑社會的鴛鴦大盜，幹嘛在身上搞那麼多刺青，搞不好還是情箭射心、愛你一萬萬年、鬈毛愛大頭此生不渝……這些看了叫人噁心、發麻的字眼。錯了！我身上所有的刺青色塊，都是鬈毛對我使用「THE POWER OF LOVE」免費貼上去的。

不知道何時開始，老公對我白拋拋、幼咪咪的皮膚「打」起主義，也或許是兩人年紀漸大，不好意思再親來親去，他只好改變方式來表現愛意。但我想不到，他居然恪守「打是情、罵是愛」的準則，動不動就找一些奇怪的藉口，爲我製造刺青。

譬如我在讀書，鬈毛嫌我「看書太專心，聽不見他說話」，於是他擠眉弄眼，裝出一副米老鼠生氣的模樣，以拇指和食指在我小腿肉上捏——下去，更爆笑的是，他口中還念念有詞「捏你、捏你、捏你」，難道我是麵糰呀!?

舉凡煮菜太鹹、太淡，作品寫得太好、忘了擦桌椅、忘了跟別人的聚會時間、在雙人舞蹈室吐糟……等，鬈毛都可以借題發揮，擺明吃定我的逆來順受。

們這一對可能有輕微SM症候群，要不就是獸性退化不

隔天檢驗刺青的效果，我也享受著被關注的虛榮感；好

全地帶中進行的咬囓嬉戲。

有反擊喲！鬈毛身上最大的天然資源，即是又粗又鬈的「君子報仇，十年不晚」，我是「美嬌娘復仇，五分鐘他鬆懈時偷偷抽他一根腿毛，讓他體會什麼叫做「老婆

疼老公」！

同一國小紙條：

保持婚姻甜如蜜，就要「疼」老公、「疼」老婆，可不要讓另一半身心俱痛；此疼非彼疼呀！

孕婦無敵

鬈毛堯

「你太太離開某基金會了？」我訝異朋友怎麼會知情，他說，想知道你們夫妻的事，只要看自由時報花編心聞版「雙人舞蹈室」就行了，本專欄成爲友輩洞悉我們事務的園地，實是始料未及的事，這次，我想跟朋友說的是：我快要當爸爸了。

當「爸爸」對我來說不僅新鮮，也是一件將徹底改變生活面貌的重要事。當消息在同事圈傳開時，同事不禁質疑地說：「咦，你看起來好像不太高興呢？」我說，爲人父當然高興，但我更要關心的是孩子來到以後的事情。「而在那之前，吾妻的狀況更得留意。」我務實地說出想法。

多了一個孩子後的家庭會怎麼樣呢？對此，我們有自己的夢，然而在實踐夢之前，我們的生活型態也有了改變。

「卷毛，你幫我把報紙拿來吧。」吾妻坐在沙發上說。報紙離她不過幾步遠，我便說你自己拿吧。

「我是孕婦哩。」她理直氣壯地說。懷孕的禁忌雖多，但不至於連起身拿報紙都不行吧？她繼續怪叫著當孕婦的辛苦，我只得繞一大圈，幫她拿報紙。

「大頭，我來洗地板，你把桌子、櫃子擦擦吧。」我話才說完，她馬上抗議了：「怎麼可以要孕婦做這些事情呢？」

吾妻在懷孕前本來就是個懶蟲，在我印象中，她很少主動建議打掃環境，懷孕後，便如同獲得「家事豁免權」了。後來，她還得寸進尺地說：「聽說孕婦不可以站太久，煮飯、做菜，都要站滿久的——」她雖欲言又止，還是表達以後要我下廚的念頭。這一點，我當然沒有讓步，「拜託，你一個禮拜才做幾次菜啊，再說，孕婦也需要適量的運動吧？」

「你怎麼搞的，瓦斯又沒有關？」有一次，發現她瓦斯忘記關，我急得大吼。

「沒辦法嘛，懷孕之後，我就變得忘東忘西的了。」吾妻面露無辜，還指著近來某速食連鎖店猛打的電視廣告，埋怨地說：「你看，人家的老公多好啊，在半夜，還開車幫老婆買炸雞吃。」總之，吾妻懷孕後，不僅變懶，而且還變得健忘，因此，我現在除了忙家事外，每天晚上睡覺前，還必須巡視一下瓦斯開關。

歷經多時，我終於悟出一個道理：當孩子的爸當然累，當孕婦的老公則更不輕鬆了。

同一國小紙條：

生兒育女是「兩個人」的事。這不僅指「過程」，更指之後的事，尤其在工商社會，夫妻分工照料子女已是大勢所趨。

第三者侵入危機

大頭琳

唉！難道我們的婚姻也躲不過「七年之癢」這一關嗎？再加上結婚一年多，八年的默契與情感，竟會敵不過一個第三者的闖入？

爲了這個問題，我脾氣變得陰晴不定、浮躁難安，而鬈毛這個始作俑者，竟然還笑兮兮地說：「目前就一個而已嘛，別人還2、3個喲……」

臭男人，給我住嘴！事到臨頭是我在承受身心被人侵佔的委屈、忍受別人對我的異樣眼光；身爲孕婦的我，實在太偉大、也太可憐了！

是的，侵入的第三者不是外人，而是未來的自家人，目前還住在我的肚子裡，活動力發揮90%、成長速率100%、安靜度10%、性別男。

別小看一個未出生的嬰兒，爲了他的來臨，我們平靜的日子已不復多見；鬈毛手上的專欄與寫作投稿計畫，早在半年前拚命超前進度，以免娃兒出生後，沒空維持刊載或出書的曝光率，此爲賺取奶粉錢之A計畫。

而我也沒閒著，在家待產期間整理著作、發表文章、撰寫新的作品、和出版社談未來新的編輯企劃、並擔任鬈毛的編輯祕書，認眞執行賺錢購買嬰兒紙尿片之B計畫。

根據我們蒐集準父母須知：一歲以內的嬰兒，其消耗品的花費排行榜上，奶粉與紙尿片佔1、2名，而且耗用速度和成長比例成正比，一點都不能省。

除此之外，爲了母體與胎兒的營養，我愛喝的咖啡換成雞精、下午茶變成一杯養生雜糧麵糊、辛辣刺激品也不能吃，口味甚重的我，這下子嘴巴都淡出鳥來了。

懷孕後的改變還眞多，胃口要變、身材像吹了汽球膨脹起來、行動變慢、偶而還會腦筋打結；最奇怪的是，我身上原先細微纖小的微毛，竟然隨著懷孕日久而變粗、變長。

「狼女！」鬈毛一日發現新大陸似地大叫，我才知道整個背部都冒出0.5公分長的微毛，不僅如此，胸前與肚子上也有以漩渦狀成長的微毛，全身宛如被灰白色的毛給紋身了！

問了醫生原由，得知是肚裡懷的男嬰，因其雄性荷爾蒙影響母體所故。

「免緊張，生完就會脫落。」醫生說。

這個第三者都還沒正式出場呢，就以種種跡象顯現他的影響勢力，你說，我們能不緊張面對這甜蜜的侵入嗎？

做人眞難

鬈毛堯

我有許多朋友害怕結婚，但有更多人友恐懼生小孩，他們認爲結婚還不至於影響什麼，但孩子一出生，「麻煩」就沒完沒了。小孩出生前，要考慮的問題眞不少，比如多一張嘴吃飯，經濟問題逼得人無法再率性而爲；我們擔心的則是：誰來照顧小孩呢？

記得小時候住鄉下，這根本算不上問題，小孩子當然歸媽媽帶；等孩子長到某個年紀，便形同「放生」，任他在鄉間撒野。來到都會後當然不同，每個人爲了三餐打拼不已，連生產都帶著點「忙裡偷閒」的味道了。

「你媽媽有沒有可能幫我們帶小孩？」吾妻期盼地問我。

「可能嗎？」我說。我媽媽不僅熱衷工作，還是某功德會委員，根本抽不出空；再來，她對育嬰一事向來興趣缺缺。「除非媽媽自己願意，否則也沒有理由非要她帶不可。」推翻這個假設後，吾妻面露慘澹地說：「難道要請保母嗎？」

這的確可以考慮，我有許多朋友都這麼做。但是，不盡職保母的傳聞頗多，比如餵嬰兒吃安眠藥，使他乖乖的，一點都不吵；有的保母在小孩子腳裸綁繩子，讓他乖乖的，不會亂跑。想起這幾件駭人的傳聞，我們實在不敢把孩子交付給素昧平生的保母。

「難道，要自己帶小孩嗎？」吾妻質疑。她的性格敢衝，能力亦有口碑，要她犧牲在外頭闖蕩的機會，那眞會悶出病來。

「都是你啦，沒事幹嘛生小孩！」她埋怨。

「你急什麼，我又沒說要你帶，我來帶吧。」我們終於討論出自己帶小孩，而且是我離職帶小孩的結論。這個決定的根據是，在家裡的我還可以賺些微薄稿費，她喜歡工作，就讓她去外頭豁吧。

「到時候，我就可以每天抱著小孩到公園散步，然後再教他走路、騎脚踏車，啊哈，眞好。」我說。

我一直以爲這個畫面可以實現，不從人願的是吾妻的公司不久前莫名其妙解散了，挺著個大肚子的她，還一心惦記著「要工作」、「要幫小孩子賺奶粉錢」；然而，有那個丈夫忍心看身懷六甲的老婆外出求職呢？這一來，儘管她有一萬個不願意，我們只好修正結論，換她在家帶小孩。

唉，在現代社會，「做人」眞的滿難的，不知道你有沒有同感呢？

男人，你要向前看

鬈毛堯

吾妻即將產子，我才警覺成立家庭著實不易，如何維持經濟，更是門大學問。

畢業多年換了不少工作，也遇見許多人，有個朋友的情況讓我印象深刻。他跟我說，他曾有失業數月的記錄，「那陣子，老婆整天趕我出門找工作，逼得我清潔工人也做、代課老師也當，沒辦法賺錢養家，男人還有什麼尊嚴可言！」

他感慨良多，什麼鬼理想、狗屁抱負，都被錢壓得扁扁，根本喘不過氣。可能是同情心使然，我沒有問他「後來呢」，而且我也以爲，這款事情不會發生在我身上；就算真遇上，瀟灑地莎喲娜拉，換份工作不就結了？

當然，這是單身時代的想法，反正「一人吃、全家飽」，沒什麼擔心的。

婚後當然不同，多了個老婆在旁嘮叨，有了小孩後更糟糕，嘮叨之外還得加上喊餓的哭聲；於是，一個男人的雄心壯志就這樣給嘮叨殆盡、就這麼給哭得一蹶不振，所以呢，決定生小孩前，我跟吾妻眞是計算良多。

「萬一失業那該怎麼辦？」吾妻問，數字問題照例交給我。

「萬一眞的失業，你可以幫出版社搞企畫過活，我可以賺些稿費；反正賺少花少，餓不死人的。」我說，順便用十根指頭算了一下『失業基金』，「不幸失業時，我們還可以活三個月。」

當然，這都是開玩笑的話，沒料到吾妻公司部門解散，我則換了份工作，居然應驗了部份。

我不知其他人對工作的看法如何，當飯碗、還是把公司當家？我仍在尋找答案，不過，一個地方待久總會有感情，何況是待了三年的公司。因此，儘管我的去處已有著落，但辭呈提出後，我仍感到錯愕。我細細咀嚼這份情感，有太多出版物沒有付梓，有不少的企畫沒有實施，有更多的話想說，但沒有人聽，於是在咀嚼後，悲傷之外便是遺憾。

「別唉聲嘆氣了，又不是失業。」吾妻安慰。

「是啊，說起來還得感謝舊公司，我的出版跟媒體概念，算是在這段期間養成的。」說完，望著大肚子的妻子，我終於略解那位朋友的心境：當下，我如是想：一個男人要不斷向前看，因為，他被太多人需要了。

當然，被需要是種負擔，但也是一種幸福吧！

（後記：本文在自由時報花編心聞版刊出後，有不少讀者或投書或撥電話到花編心聞版表示關心，在此再度致謝。我後來去時報周刊上班，後因志趣不符離職，現因寶寶年紀小，我跟吾妻僅能一人外出上班，至於是那一人上班，則要看工作機緣了。）

小傢伙的無影腳

鬈毛堯

許多友人在數月前就開始關心我們將在年底添子這件事，碰面時他們會問：「生男、生女？」

又問：「第一次當爸媽的滋味如何？」

再問：「你們有缺什麼嗎？我這裡有小孩子衣物、嬰兒車、奶瓶奶嘴、尿片，這些你們都不用買了。」

我們不算晚婚，但朋友們年紀稍長，自然留下許多嬰兒用品，而且民間習俗還有新生兒用舊衣物比較好帶的說法，我們便心懷感謝地接收了。

孩子雖未來臨，儼然已是一家之主，不僅朋友以他爲話題，吾妻也「母因子貴」，指著越來越大的肚子，大叫「諸事不宜」。

她雖賦閒在家，但曬衣服時肚子會碰到陽台（事實上，她現在還不會用洗衣機）、洗地板時彎腰會痛（搬來新居半年多，她只洗過兩次地板），所以下班後，我理所當然兼作各款家事。這些都非新聞，然而我常想，這頑劣猴子（吾妻屬猴），眞的沒有人治得了嗎？

最近，事情出現轉機了，主角仍是尙未出世的孩子。

「哎喲，好痛啊！」嬰兒漸長，活動力更強，常在肚子裡亂玩一通，這時候吾妻便皺著眉頭、摸著肚皮，向我投來乞憐的眼神。懷孕眞的很辛苦，不能吃香喝辣，不可以激烈跑跳，吾妻向來愛喝咖啡，這陣子也不能喝，爲了嬰兒健康，孕婦必須改變的習慣還眞多。

我安撫她，但她仍皺眉，顯見嬰兒正在肚子裡踢得不亦樂乎。於是，四隻手掌便在肚皮上又摸又撫，希望嬰兒聽話，不要亂踢。不過隨著產期接近，嬰兒更活潑，吾妻也只有挨踢的份。我忽然想到，天不怕地不怕的她，總算有了「剋星」。

有一天她跟我抱怨，「不知道孩子在玩什麼，竟然連續踢了我十四下。」

我說，「孩子這麼皮，都是遺傳你的，你就認了吧。我們現在是父子連心，他知道老媽老是欺負老爸，覺得我可憐，便施展『佛山無影脚』，幫我教訓你。」說完，她雖想反駁，但嬰兒再度練起「跆拳道」，她喊痛，一句話都說不出來了。

孩子是夫妻倆的，他的來臨是我們最大的功課，比如小孩誰帶、教育怎麼辦，都讓人傷腦筋。當然，麻煩的事照例由我傷神，吾妻則專心生小孩，這也算是一種分工吧！

我向工作取經

鬈毛堯

大學時即已開始創作，使我的性向跟藝文較接近，但由於就讀商學院，導致找工作時，出現遞出會技師事務所跟雜誌編輯兩種極端的窘境，後來還是尊重性向，選擇跟文字爲伍。

很小的時候，我就認爲吃飯眞是件要命的事，如果吃顆仙丹可以一年不吃飯，我一定會多吃幾顆。但現實畢竟殘酷，不吃飯就得餓死，不掙錢，就得窮死。

先服役再讀大學的緣故，畢業時年歲較大，我常跟朋友開玩笑說：「我畢業時已不是新鮮人，而是社會老人了。」焦急心態作祟下，在

「畢業元年」我就換了四個工作，，這個記錄依然高居同學排行榜第一名。

成為社會人，諸如賺錢、買車、成家的壓力便接踵而來（當然，這對小部份人來說也非絕對），這個壓力在吾妻懷孕後更顯激烈。眞正投入工作後（而非蜻蜓點水似的打工），我對工作產生質疑：是不是每個人，都能如願找到經濟、理想兼顧的工作呢？

答案是否定的，所以，我把人生切割成「志業」跟「事業」。

前者是個人性向，我在創作中發現實施的可能，並再度分裂成「私我」跟「公我」文學兩大部份，後者則為餬口之用。曾有朋友勸我：「何不專職寫作算了？」他不瞭解台灣出版市場，只養得起寥寥可數的專業寫作者，我只好笑說：「餓死自己不要緊，但兒子都快出世了，當爸爸的，總要像個爸爸的樣子吧！」

直到此刻，我才稍解「人生是最大的事業」這句話，我們不懂經營自己，也在經營家庭。工作之於我也慢慢降低理想色彩（有人又說：成長含有相當妥協成分，當然，你可以不認同），也才發現選擇什麼工作，等於選擇了什麼樣的生活。

比如我在出版社任總編輯時，搭公車通勤，來到國內首屈一指的週刊上班，改成騎機車，國定假日一律無休，直到體恤下屬的主管准了值班假，才嚐到連假的味道。

每個人有不同的「工作經」，無庸置疑的是很多人爲了家庭工作，在體驗爲人父母的辛勞後，才懂得孝順二字。

同一國小紙條：

數千年來，物質需要一直是婚姻生活現實、殘酷的一面，沒有人可以逃避。

雙人舞步

大頭琳

在每一對新人的婚禮上，我們總是看到一幅郎才女貌、天造地設的美好景象；而我們也願意相信，公主和王子從此展開幸福美滿的生活。但現實的童話畢竟是少數，陌生的兩人要成爲一對心靈相契的夫妻，可不像書上寫得那麼容易！

身邊朋友不乏愛情浪子、情感的漂泊者，但也有像我和鬈毛一樣愛情長跑，婚後仍舊天天談戀愛的婚姻美眷。其實夾在傳統婚姻觀念，與新世代速食亂愛的中間，我們這一代看到婚姻互動的過與不及，因此，有更多的借鏡可供參考，調整彼此在關係上的定位。

當「新新好男人」、「豪爽女人」的口號喊得甚囂塵上，我們也藉此性別運動的推波助瀾，於婚前做了一番內、外事務分攤的討價還價。

推翻傳統「男主外、女主內」的固定，捨棄Y世代「只要一時擁有，不在乎天長地久」耍嘴皮的承諾，我和鬈毛自戀愛長跑踏進婚姻的舞臺，便遵循事先譜好的樂章，一進一退地跳著雙人舞蹈。

剛開始練習時，還會常常踩到彼此的痛處；「以前我在家都不用做這種事的！」、「爲什麼我要拖地？」、「我的薪水比你多，所以你在家要多做事！」嘴裡喊出來的多是驚嘆句和疑問句，腳步也是磨磨蹭蹭。

經過一段時日的演練與溝通後，「今天你打稿子好辛苦，我幫你作家事。」、「你中暑了，我幫你刮痧。」、「領到稿費，請你去麗晶吃義大利餐。」體貼和撒嬌變成我們的日常會話。

有人說，沈默寡言的鬈毛和活潑外向的我，是典型的互補；其實只對了一半。心直口快的我常因反應快，在外難免說錯話而不自知，回到家後便得聽老公的教訓；在和熟朋友的聚會中，我會讓他盡情發揮幽默的魅力。所謂「把面子留給對方，自己才有裡子」，懂得為他著想、信任對方的人際交誼，彼此留一點隱私空間，這樣黏而不膩的夫妻關係，不僅讓雙方顯得自信，更增加我們互相關懷的感情。

雙人舞蹈並不難，多與親密的舞伴多練習，抓對節奏的鬆緊快慢，有情人一定能跳出曼妙的雙人舞。

同一國小紙條：

舞步有許多種，如探戈、恰恰，甚至黏巴達，夫妻屬性不同，舞步自然有異。兩人搭配慢慢學習，終有一日會有曼妙之姿。

與子相遇

鬈毛堯

不同黑跟白混合，會變成灰色這麼簡單，人體基因組合後會變成什麼樣子呢？隨著吾妻臨盆在即，我們一遍遍勾勒孩子的長相跟未來。

吾妻懷孕前，某次經過國小門口時，我不禁產生已經當了爸爸的錯覺。我佇立校門，以爲一會兒後，門裡會閃出一個喊我爸爸的小孩。巧合的是，我在錯覺中看見的是男孩，而我的第一個孩子正巧也是男的。

結婚後，吾妻也多次夢見小孩，只是從未跟我提起。經我一說，她便問：「孩子長得什麼樣子呢？」我跟妻說，頭髮捲捲的、額頭頗高、頭更大顆；這個描述跟她夢中所見略同。於是，單憑我的錯覺、她的夢境，孩子的面貌幾已呼之欲出。

天下父母心，寵小孩是天經地義的事，孩子生下來後，會寵他到什麼程度我們也不知道，不過孩子尚未出世，反倒可以講出一番「非現實」的理論。

我們決議絕對不能太寵小孩，我說，「等到小孩可以說話、用力時，我要教他學煮咖啡，當我要寫稿時，便請孩子幫我煮咖啡。」這一來，孩子變成我的書僮了；當然，事情還未了。

「另外，我還要教他搥背、按摩，我累了時，便請孩子服務一下。」等到孩子更大時，爲了訓練他獨立自主的精神，我們一致決議要反過來向孩子撒嬌。

我們愉快討論以後的管教方式，眨眼間，孩子竟已進高中讀書了。「這時候，孩子的行爲、思想，最容易受朋友影響，得留意孩子的交友情況。」虛構的未來繼續進行，又過不久，孩子已唸完大學，準備謀職了。

我們的孩子適合找什麼樣的工作呢？

我們左思右想，覺得讓孩子與文字爲伍，走上跟我們一樣的路子似乎太苦了些；要不，讓他學音樂、當個藝術家也不錯？我們在孩子尚未出世前，就替他煩惱工作，這未嘗不是杞人憂天的事情吧？我們相視而笑，決定不再談論，卻不禁聯想起我、或吾妻父母對我們的殷殷期望。

原來，這就是爲人父母者的心情之一。

於是，我們從孩子小時重新勾勒，妻說，「我要買風琴、積木遊戲給孩子玩，訓練他的音感跟思考能力……」

在那一刻，我不禁看見一頭鬈髮的吾兒，正在客廳的地上玩。

朋友書

大頭琳

朋友像一本本不同的書，將他的人生閱歷向我們展開，或者交流雙方的經驗與心事，一起成長、分享。因此我和鬈毛之間如果有不錯的朋友，常不吝介紹給彼此認識。

近期整理舊照片時，看著我和鬈毛兩種截然不同的成長記錄：他小學在金門、我的童年在臺北土城和臺南鄉下，然後他到了三重、我家搬到板橋……兩張異鄉人在城鄉漂泊的地圖，透過一張張與師長同學、友人的合照，顯現不同時空的成長背景與前進路線。

直到1987年，我們因爲文學而認識，也開始交集彼此的朋友圈。

這些友人的影像在十年照片中，串起許多我和鬈毛和他們的回憶。

「這張照片中的男男女女，表情怎麼那麼曖昧？」你忘了嗎？C暗戀L、L又喜歡你、G想追C，你和我私下卻已經偷偷談戀愛了。經過愛情長跑而結婚的我們、C已經和老婆有了一個可愛的女兒、L還在遊戲人間、G消失音訊……要過了多久之後，青春期的男女才能在情愛追逐中，釐清並沈澱出一份友情的祝福呢？

「這個女的是誰？在鏡頭下如此甜蜜、嫵媚？」你說這是你想保留的祕密，我把她交還給你，結果相片堆中還有七、八個不同的少女。對了，這是鬈毛思春期的證據。

你指著其他照片上的男生說，H不是追你5年、C還對你許下承諾、S到處放話說你們是一對……可是，你早已不和照片中的少女聯絡，而我和他們卻變成朋友關係，你和他們甚至也成爲好友，一起吃飯、討論創作和閱讀心得。誰會對思春期的渾沌情事忌妒、吃醋一輩子？

「這個男的曾經是我們的好友，」自從他發生令人愕然、不屑的情變後，從此道不同不相為謀。

「你看，十年前的K和小林，和現在沒多大改變呢！」早慧的K如今是知名作家、小林走紅於網路文學。還有苦盡甘來的老莊、很懂得賺錢的方、混黑道的林、玩骨董的鄧胖子、拿相機的寶秀和肇陽、待我們如兄長的尤俠……

總之，跟鬈毛結婚後，我的朋友變成他的朋友、他的朋友也變成我的朋友。相對於許多人，婚後便與朋友劃清界線或疏遠的情形來說，擁有共同朋友的我們，無疑讀到更多豐富的文本。

同一國小紙條：

婚姻可以說是一種霸佔對方的行爲，但不是關禁閉，亦非坐監，婚姻雖建起私密城堡，但絕非把人關進城堡，不見天日。

最後雙人舞

鬈毛堯

我在報上寫過不少專欄，但很少像自由時報「雙人舞蹈室」給我離情依依的感受。應允撰寫是新婚半年後的事，我們決意互相「扒糞」，除發洩對彼此的不快外，也聊表對婚姻的態度，以及對人生的一些小看法。

扒糞的結果是，無意中捕捉對方、跟這一年來的生活軌跡。

記憶是人們豐富的寶藏，記憶無形，也因爲無形變得無可計價；也因此，我仍留著國小的畢業紀念照、服役時的假條、大學時的留言簿，我希望經歷的每一段歲月，都能留下走過的證據。而當我從高雄北歸，除了書信外，也沒忘記帶回累積了四年、約莫數百張的電話卡。

兩個人的距離近了以後，通常只剩下相片可以記載接續的過程，可惜的是相片畢竟無法說話，「雙人舞蹈室」週專欄的出現，給予我們再次交談的機會。

交談的結果是，無意中找回許多失去聯絡的友人。

他們透過該專欄再次記憶我們，原本不認識的人，也從這裡看見我們。當我離開工作多年的某基金會，熱心的朋友還撥電話到報社詢問我的去處。我無法像能言善道的吾妻，可以輕易表達感謝，但這份心意迴盪吾心良久，因此，我便跟吾妻、報社商量，由我書寫最後的雙人舞蹈室。（該專欄爲一年期）

一年並不長，但這一年對我們來說顯得相當豐富。我們搬進新家，吾妻離開基金會，後來我也離開，接著吾妻懷孕，我獲得一些文學獎項。我們把這些軼事融入專欄，無意間變成聚集人際的紙上網站。

「聽說你太太不會做菜，你在假日總是餓得頭昏眼花？」

「艾琳懷孕了，什麼時候生？」

「你在那裡上班？情況還好嗎——不怎麼樣，工作有時候就只是工作，想開點吧！」

「艾琳生了？嗯，十二月下旬——男的——恭禧恭禧，名字取好了嗎？」一年前我們仍算新婚，一年後我當了爸爸、吾妻成了媽媽，雙人舞走進歷史，終究變成無可替代的記憶寶藏了。

很少有這樣的一年，帶給我們如是豐富的歲月，讓我們跟這麼多的朋友接觸。在接觸之際，我也常反思：我在何時、因爲什麼理由失去他們呢？我不知道記憶可否獨自創造，就算可以，朋友缺席的記憶，未免不是一種遺憾吧。

祝福你，或許你已忘記我，而我還記得你。

同一國小紙條：

愛情是永遠寫不完的功課，這是「過去」、「今天」、「未來」，我們投入其中，並深深着迷的緣故。每一個身陷情海的人，或許都會說：我還不懂愛情呢！

跋——

這對夫妻，這樣的父母

吳小雨

伊伊呀，呀，窩屋哈哇哇。酷啦，一兮兮，來喇喇。

嘿嘿嘿。哇哇哇。呼嘿嘿，啦啦。

嗚嗚。伊伊呀。哈哈，嘿嘿。啦啦。酷嘿，啦嘿，啦啦嘿。

窩屋哈哇哇。

酷啦，一兮兮，來喇喇。

酷啦，一兮兮，來喇喇。

嘿嘿嘿。哇哇哇。呼嘿嘿，啦啦。

嗚嗚。伊伊呀。哈哈，嘿嘿。啦啦。酷嘿，啦嘿，啦啦嘿。

再見啦。

由於小雨年歲尚小，說的話別人聽不懂，茲翻譯如下：

各位讀者阿姨、叔叔大家好，我叫做吳小雨啦，爸爸就是那個吳鈞堯，媽媽就是那個顏艾琳。這本書就是我爸爸、媽媽互相吐槽的書。眞搞不懂爸、媽，把私生活這麼曝光，難道不怕我長大以後看見嗎？

這本書是在自由時報花編心聞版的「雙人舞蹈室」的專欄結集的，當初這個版剛開，彭樹君阿姨找爸媽寫的。爸媽很感謝她，雖然吐槽得這麼兇，但總算把過去的一些事情，都這麼一筆一筆寫下來哪。

這本書邀了許多篇序啦，他們都是爸媽的好朋友，曾經來看我。我很想謝謝他們，但一開口，就哇哇哭起來。

我眞的不知道當個小孩這麼辛苦呢，連說句謝謝，都變成大哭。

有位叔叔叫尤俠，我現在用的學步車，跟浴盆都是他轉送給我的，他也入境隨俗吐槽得很厲害。看完文章，我的爸爸一點都沒有不高興，反倒取笑大頭媽媽逢人就挖三屎——耳屎、鼻屎、眼屎，這毛病再不改，就太可笑了。哈哈，連我都要笑她啦。

這本書也有寫到我吔，因爲寫這個專欄時，我還沒有進入媽媽肚子裡——咦，我是怎麼進去的，下一次一定要找機會問淸楚。

現在的我過得很幸福，因爲，爸爸居然爲了照顧我，把工作辭了（也因爲這樣，他也被以爲是不是頭殼壞掉）。媽媽現在在出版社兼差，爸爸在家寫作，不過，常被我吵得七竅冒煙。我眞的不是故意的呢，我還是小孩子呀，希望爸媽原諒我。

我覺得爸爸跟媽媽眞偉大，因爲我聽說，現在的小孩（像我這麼小的），很少是由爸媽親手帶的。

我眞希望我可以一直這樣幸福。不過，我也知道，沒有錢，我就沒有ㄋㄟㄋㄟ可以喝。唉，我年紀雖小，卻是個老靈魂，也知道沒有錢萬萬不能哪。再見啦。

探索文化叢書

購書劃撥帳號　19171492　探索文化事業有限公司

人生探索系列		作者	定價
001	⊙涅槃之旅	游乾桂	160元
002	⊙愛與歡笑	馮定亞	180元
003	⊙生命的悸動——邂逅文學	夏　玉	180元
004	⊙棒球三十六計	張啓疆	160元
005	⊙腦袋去旅行	許佑生	160元
006	⊙子夜一場	張啓疆	160元
007	⊙不安於室	陳來紅	170元
008	⊙處女林和妓女林	侯宜人	150元
009	⊙偷窺文化・流行無限	廖和敏	160元
010	⊙Xers,get ready新人類來報到	麻丹妮	140元
011	⊙我的兄弟黃非紅	羅　葉	180元
012	⊙今夜不設防	唐　琪	160元
013	⊙你一定做得到——全新的生涯管理	吳娟瑜	170元
014	⊙總統大人，請問你穿什麼內褲？	許佑生	180元
015	⊙城市玩家——一個人的玩法	企　編	160元
016	⊙收視率調查報告（地下版）	王蓓琳	160元
017	⊙阿草的邊緣歲月	羅　葉	170元
018	⊙長官貴庚勝統獨	羅　葉	170元
019	⊙親愛酷哥博士	戴晨志	220元
020	⊙活用易經的人生	孔維勤	200元
021	⊙新創易經入門	孔維勤	200元
022	⊙別讓童心去流浪	游乾桂	250元
023	⊙別讓愛缺席	游乾桂	220元
024	⊙做個有情有愛的男人	編輯企劃室	180元
025	⊙情幻色影	吳鈞堯	180元
026	⊙拆解易經新招	孔維勤	250元
027	⊙不敗的小方	方蘭生	220元
028	⊙墜落天堂鼠	羅　葉	180元
029	⊙深情款待生命	游乾桂	180元
030	⊙有關情愛的種種美麗	田運良	230元
031	⊙美國棒球巨星	許昭彥	230元
032	⊙閱讀的樂趣	褚士瑩、游乾桂等	200元
033	⊙老天使	褚士瑩	280元
034	⊙ Everything is possible——快適人生	陳嬅	280元
035	⊙沈默革命	游乾桂	250元
036	⊙愛情辭典	劉洪順	230元
037	⊙密獵者人語	田運良	180元
038	⊙讓愛沒有壓力	友緣基金會	170元
039	⊙球星球技球賽	許昭彥	
040	來自邊緣的故事	澎湖鼎灣寫作班	250元

兩性探索系列		作者	定價
001	⊙高潮的神話	李家雄	160元
002	⊙兩性啓示錄	黃素菲	160元
003	⊙情愛新視野	黃碧嬌	130元
004	⊙亮麗一生的女人	李家雄	150元
005	⊙女人1001問	洪小喬	160元
006	⊙婚姻寶典	游乾桂	350元
007	⊙婚姻履歷表	企　編	160元
008	⊙寶貝男人的心	王安娜	180元
009	⊙疼惜女人的心	洪小喬	180元
010	⊙新兩性戀情守策	杜慧嫻	190元
011	⊙都會女性智慧守策	李碧華	180元
012	⊙離奇快樂的愛情術	張亦絢	200元
013	⊙愛情無需偉大	阿　鑾	190元
014	⊙熱情在每一個現在	編輯企劃室	170元
015	⊙新新惡女教戰守策	惡女俱樂部	100元
016	⊙愛來不及設防	簡維政	180元
017	⊙不怕單飛	王安娜	180元

命理探索系列		作者	定價
001	⊙傳世法寶	雨陽居士	350元
002	⊙出賣他和她的秘密	空空居士	230元
003	⊙出賣男人的愛情	雨陽居士	250元
004	⊙1996這一年「命」完全清楚透露	雨陽居士	250元
005	⊙洩露榮華富貴之道	沈湘雲・趙愛倫	200元
006	⊙洩露星象的奧秘	趙　平	230元
007	⊙洩露天機	何惠群	200元
008	⊙活用住家風水的人生	樊　塵	200元
009	⊙認識自己的星座	汪世昌	190元
010	⊙愛情占卜秘笈	歐陽天智	190元
011	⊙天乙開講	天乙上人	190元
012	⊙活用紫微斗數的人生	天乙上人	200元
013	⊙一九九七大預言	雨陽居士	200元
014	⊙年年有好日	編輯企劃室	190元
015	⊙愛情攻防戰	夏　普	200元
016	⊙陽宅文昌	張覺明	280元
017	⊙命理乾坤	陳育群	320元
018	⊙十二星座職場完全指南	王璽	250元
019	⊙十二生肖愛情EQ	雨揚居士	200元
020	⊙一生行大運—十二生肖運勢總論	編輯企劃室	250元
021	⊙1998大預言	王中和	350元

	人文探索系列	作者	定價
001	⊙女性創作的力量	侯宜人	350元
002	⊙出去走走	簡扶育	500元
003	⊙裸魚	褚士瑩	200元
004	⊙都市空間筆記	黃衍明	320元

	都會生命系列	作者	定價
001	⊙新女遊主張	陳昭如	220元
002	⊙再創生命的高峰	廖翊如	180元
003	⊙贏家新智慧	張錦貴	250元
004	⊙軍中求生手冊	軍中教父	180元
005	⊙運動大烏龍	張啓疆	180元
006	⊙身爲女性主義嫌疑犯	張亦絢	200元
008	⊙六點半男人	張啓疆	170元
009	⊙Hito！Hito！紅不讓	張啓疆	190元

	非常政情系列	作者	定價
001	⊙2100女性參政大趨勢	謝瑾瑜	230元
002	⊙女人飆政，男人靠邊站	蔣　心	230元
003	⊙隨緣——陳履安家族的恩怨情仇	黃光芹	220元
004	⊙選戰極短篇	張啓疆	220元
005	⊙官夫人俱樂部	黃光芹	230元

	非常商戰系列	作者	定價
001	⊙商戰極短篇	張啓疆	180元
002	⊙溫柔強人	林麗容	290元
003	⊙非常廣告與生活	趙研如	220元
004	⊙傑出人物的智慧經驗	邱兆衡	250元
005	⊙成功的跑道	編輯企劃室	220元
006	⊙魅惑之水	周紹賢	200元
007	⊙廣告發燒片	傳薪雜誌社	250元
008	⊙創意激發術	陳耀茂	

	非常健康系列	作者	定價
001	⊙漢方診療手冊——實用中醫百方	李家雄	350元
002	⊙塑身百分百	鍾伯光	330元
003	⊙美體百分百	馬思婷	360元

	女子書系列	作者	定價
001	⊙男人治國，女人發笑	陳昭如	230元
002	⊙戀愛有晴天	杜慧嫻	180元
003	⊙生活撤軍方案	王蓓琳	190元
004	⊙袋鼠媽媽	夏　玉	220元
005	⊙不怕高飛	王安娜	220元
006	⊙是吧，摩登愛	杜慧嫻	180元
007	⊙星座的愛慾情狂——電影版	新星人類	270元
008	⊙風起雲湧——生命的拓荒者	阿　蠻	220元
009	⊙少女薇薇的煩惱	王瑞琪	200元
010	⊙最新星座診斷書	新星人類	180元
011	⊙跟我說愛我	杜慧嫻	170元
012	⊙萬人情婦	袁瓊瓊	180元
013	⊙新壞男人的時代	王安娜	200元
014	⊙何須爲愛傷透心	吳燕凰	170元
015	⊙有愛的女人最美麗	趙妍如	180元
016	⊙日久生情	阿　蘇	180元
017	⊙台北人在紐約	杜慧嫻	200元
018	⊙雙色相思	阿　蘇	180元
019	⊙漂漂河上的浮木	銜　月	160元

	男子書系列	作者	定價
001	⊙好人一生平安	褚士瑩	220元
002	⊙紅色情迷	吳鈞堯	230元
003	⊙把生命還給自己	蘇明俊	200元
004	⊙年輕有夢	方蘭生	220元
005	⊙最HIGH的廣告創意	周紹賢	220元
006	⊙值得海誓山盟	田運良	220元
007	⊙留醉桃花源	游乾桂	220元
008	⊙十分眞相	吳鈞堯	180元
009	⊙十分好色	吳鈞堯	180元
010	⊙十分坦白	丘榮襄	190元
011	⊙雙子心的Castle	高培華	199元
012	⊙不是說好了嗎？	褚士瑩	169元
013	⊙夢的故事海	吳鈞堯	190元
014	⊙家有神氣活現的少年	簡維政	190元
015	⊙背叛死亡	游乾桂	220元
016	⊙眞實才會長久	蘇明俊	170元
017	⊙新好色一代男	曾陽晴	200元
020	⊙談性免驚——少年別煩惱	簡維政	190元
021	⊙少年吔不缺錢	簡維政	190元
022	⊙攏總沒問題	簡維政	190元
023	⊙小女生玉米	劉富士	200元

	騷動小說系列	作者	定價
001	⊙那年夏天在豐悅	簡維政	180元
002	⊙蔚藍深深處	簡維政	180元
003	⊙夜行列車	簡維政	180元
004	⊙上不了屋頂的貓	簡維政	180元
005	⊙夢的反叛——葛雷姆之歌	吳鈞堯	200元
006	⊙在無言的長街等你	深　雪	180元
007	⊙樹熊症病患	深　雪	180元
008	⊙櫻桃街的禮物	深　雪	180元
009	⊙貓的眼睛是紅色	深　雪	180元
010	⊙台北惡男	林慶昭	180元
011	⊙我不是花蝴蝶	小　路	180元
012	⊙青春情事	張允中	180元
013	⊙迷失在煙薰裡的夜	深　雪	180元
014	⊙我的左眼愛上你的右眼	深　雪	180元

015	⊙條碼藍調	陳裕盛	180元
016	⊙赤道的北方	簡維政	180元
017	⊙愛上眞情流露的你	小路	180元
018	⊙上帝的新娘	陳麗宇	180元

	明信片書系列	作者	定價
001	⊙來自邊緣的明信片——關於陽光的消息	澎湖鼎灣寫作班	120元
002	⊙看不見自己的時候	陳克華	120元
003	⊙玫瑰14行（CD書）	林文義	199元

	Literary系列	作者	定價
001	⊙獄中書簡——致親愛的奧爾嘉	Václav Havel	320元

	費蒙・經典文選系列	作者	定價
001	⊙賭國仇城（上）	費　蒙	280元
002	⊙賭國仇城（中）	費　蒙	280元
003	⊙賭國仇城（下）	費　蒙	220元
004	⊙魔鬼新娘（上）	費　蒙	320元
005	⊙魔鬼新娘（中）	費　蒙	320元
006	⊙魔鬼新娘（下）	費　蒙	260元
007	⊙功夫新娘（上）	費　蒙	230元
008	⊙功夫新娘（下）	費　蒙	220元
009	⊙奪命遊戲（上）	費　蒙	220元
010	⊙奪命遊戲（下）	費　蒙	250元
011	⊙咆哮山崗（上）	費　蒙	280元
012	⊙咆哮山崗（下）	費　蒙	320元
013	⊙職業凶手（一）	費　蒙	350元
014	⊙職業凶手（二）	費　蒙	350元
015	⊙職業凶手（三）	費　蒙	350元
016	⊙職業凶手（四）	費　蒙	350元
017	⊙仇奕森（一）	費　蒙	330元
018	⊙仇奕森（二）	費　蒙	280元
019	⊙仇奕森（三）	費　蒙	330元
020	⊙仇奕森（四）	費　蒙	230元

	愛情書系列	作者	定價
001	⊙戀人的眼睛——有情有愛只爲你	齊藤勇	170元
002	⊙風箏的線——一心一意只爲你	清水弘司	170元
003	⊙愛情的神秘靈動	楨玉淑	170元
004	⊙情之所鍾——桃花舞春風	編輯企劃室	170元
005	⊙玫瑰花橡皮擦（CD書）	歐銀釧	199元
006	⊙收音機時代	歐銀釧	
007	⊙我要去找你	阿蘇	120元
008	⊙晝月出現的時刻（CD書）	顏艾琳	199元
009	⊙情人絮語（CD書）	吳鈞堯	199元
010	⊙傳在風中的歌	法藍西斯	170元
011	⊙思春的麵包（CD書）	歐銀釧	199元

	文學的聲音系列（CD書）	作者	定價
001	⊙雙子星的Castle	高培華	199元
002	⊙熱愛生命——做一個知性感性的智慧女人	薇薇夫人	200元
003	⊙十二星座女人的豔情故事	法藍西斯	250元
004	⊙不是說好了嗎？	褚士瑩	199元
005	⊙好人一生平安	褚士瑩	169元
006	⊙聽故事長大的孩子	黃冰玉、小野	150元
007	⊙故事與嬰兒同時誕生	黃冰玉、小野	150元
008	⊙天才與白癡	黃冰玉、小野	150元
009	⊙第三倉庫・第二宿舍	黃冰玉、小野	150元
010	⊙我只想聽聽奶奶說故事	黃冰玉、小野	150元
011	⊙永遠說不完的故事	黃冰玉、小野	150元
012	⊙你的故事就像我的保溫箱	黃冰玉、小野	150元
013	⊙我的故事正開始	黃冰玉、小野	150元

	小說・劇場系列	作者	定價
001	⊙極度瘋狂	陳培廣	180元
002	⊙春光・進・行・曲	孫法鈞	180元

	閱讀自療系列	作者	定價
001	⊙簡單心	游乾桂	180元
002	⊙清涼心	游乾桂	88元
003	⊙質樸心	游乾桂	110元
003	⊙歡喜心	游乾桂	110元

	情緒流動系列	作者	定價
001	⊙窺心	游乾桂	130元
002	⊙點亮心中的燈	游乾桂	130元
003	⊙柔軟心	游乾桂	110元
004	⊙健康心	游乾桂	110元
005	⊙「心」理分析	游乾桂	110元

	臺灣典藏系列	作者	定價
001	⊙臺灣結婚相簿	徐宗懋	550元
002	⊙臺灣選美相簿	徐宗懋	420元

	好好去玩系列	作者	定價
001	⊙最佳約會地點	江家珊、廖翊君	190元
002	⊙金金計較——花非常少的錢，享受非常high的旅遊計畫書	王蓓琳	170元
003	⊙另類新東京之旅	許乃勝	250元
004	⊙隨著山脈呼吸——心的旅遊	許昭彥	190元
005	⊙台北Go Go Shopping	傅華小組	190元

	12星座愛情筆記書（筆記書＋CD）	作者	定價
001	⊙白羊座	蓓蓓	199元
002	⊙金牛座	蓓蓓	199元
003	⊙雙子座	蓓蓓	199元

004	⊙巨蟹座	蓓蓓	199元
005	⊙獅子座	蓓蓓	199元
006	⊙處女座	蓓蓓	199元
007	⊙天秤座	蓓蓓	199元
008	⊙天蠍座	蓓蓓	199元
009	⊙射手座	蓓蓓	199元
010	⊙摩羯座	蓓蓓	199元
011	⊙水瓶座	蓓蓓	199元
012	⊙雙魚座	蓓蓓	199元

	全公關生涯系列	作者	定價
001	⊙公關的時代來臨（2卡1書）	方蘭生	250元
002	⊙每個人都要做公關（2卡1書）	方蘭生	250元
003	⊙男公關女公關純公關（2卡1書）	方蘭生	250元
004	⊙公關事事皆學問（2卡1書）	方蘭生	250元

	口袋書系列	作者	定價
001	⊙愛不再輕狂	黃素菲	130元
002	⊙Body會說話——最佳的表現	王環幼譯	100元
003	⊙Body會說話——讓愛行得通	王環幼譯	100元
004	⊙Body會說話——職場成功	王環幼譯	100元
005	⊙Body會說話——成功的社交生活	王環幼譯	100元
006	⊙Body會說話——面對陌生人	王環幼譯	100元
007	⊙Body會說話——嬰兒與孩童	王環幼譯	100元
008	⊙小精靈的祕密樂園	丹　萱	100元
009	⊙夢的原色	吳鈞堯	100元
010	⊙去他的愛情EQ（上）	惡女俱樂部	100元
011	⊙去他的愛情EQ（下）	惡女俱樂部	100元
012	⊙靈性的消息	王靜蓉	100元
013	⊙寧靜的宇宙	王靜蓉	100元
014	⊙豐裕人生——愛的祕密	周思芸譯	100元
015	⊙豐裕人生——快樂的祕密	周思芸譯	100元
016	⊙豐裕人生——健康的祕密	周思芸譯	100元
017	⊙豐裕人生——財富的祕密	周思芸譯	100元
018	⊙奧修笑話集	奧修大師	100元
019	⊙內在的清淨	奧修大師	100元
020	⊙經文幽長，良夜苦短	奧修大師	100元
021	⊙好喜歡我自己	丹　萱	100元
022	⊙說服術	黃怡筠譯	100元
023	⊙18莫名，20其妙	求　米	100元
024	⊙三個人的愛情遊戲	吳鈞堯	100元
025	⊙提在手上的月亮	顏匯增	100元
026	⊙大唱反調	王迺聖	100元
027	⊙與情書	田運良	100元
028	⊙愛情經過	田運良	100元
029	⊙一個中年女人的浪漫與哀愁	廖美容	100元
030	⊙有效戰勝壓力	林怡吟譯	100元
031	⊙情慾是一條變形蟲	吳鈞堯	100元
032	⊙生日禮物	鄧榮坤	100元
033	⊙與阿甘對話	鄧榮坤	100元
034	⊙美麗的靈魂	王靜蓉	100元
035	⊙偷窺人性	游乾桂	100元

	心自療系列	作者	定價
001	⊙面對壓力（CD書）	簡維政	199元
002	⊙跟壓力做朋友（CD書）	簡維政	199元
003	⊙跟寂寞做朋友（CD書）	簡維政	199元
004	⊙跟害羞做朋友（CD書）	簡維政	199元

	Nature Life系列	作者	定價
001	⊙綠光叢林（CD書）	游乾桂	199元

	文庫系列	作者	定價
001	⊙太平洋旅店	劉富士	
002	⊙一天兩個人	鍾文音	
003	⊙引號裡的語言玫瑰	洪荒	

	其他	作者	定價
001	⊙關於溫柔的消息（CD書）	沈花末	199元
002	⊙因爲死亡而經營的繁複詩篇	陳克華	120元

	心靈探索系列	作者	定價
001	⊙性——愛的狂喜	奧修大師	120元
002	⊙生活禪	奧修大師	250元
003	⊙奧秘的心理學	奧修大師	290元
004	⊙直到你死——靈魂之舞	奧修大師	200元
005	⊙直入覺悟的核心	奧修大師	260元
006	⊙活的禪	奧修大師	360元
007	⊙本來面目	奧修大師	250元
008	⊙智慧的書（上）	奧修大師	280元
009	⊙智慧的書（中）	奧修大師	280元
010	⊙智慧的書（下）	奧修大師	280元
011	⊙佛陀法句經3	奧修大師	250元
012	⊙佛陀法句經4	奧修大師	250元
013	⊙禪：怒號雷電	奧修大師	250元
014	⊙存在的語言	奧修大師	250元
015	⊙禪的精髓	奧修大師	250元
016	⊙睡前的冥想	奧修大師	250元
017	⊙奧修笑話集	奧修大師	250元

	心靈導航系列	作者	定價
001	⊙生命長河	Ruth White	180元
002	⊙成功是一種態度	Jim Stovall	250元
003	⊙自由的親密關係	J. Keith Miller	300元
004	⊙免疫大戰	Rachel Charles	380元
005	⊙向愛朝聖——尋找親情與愛情	Christopher Clulow	280元
006	⊙大地的召喚	Hart Sprager	350元
007	⊙單身夢魘	Karen Jenkins	250元

008	⊙吻吻風情	Adrianne Blue	260元
009	⊙JOB-勇氣、承諾與事業	Rick Jarow	220元
010	⊙道—使你出類拔萃的方法	Max Landsberg	190元
	BEST LIFE系列	**作者**	**定價**
001	⊙女人上路	Judith Jackson	180元
002	⊙情緒解套高手	Windy Dryden/ Jack Gordod	180元
003	⊙背痛的自然療法	Glenn S.Rothfeld, M.D.Suzanne Levert	220元
004	⊙兒童瑜伽	編輯企劃室	200元
005	⊙全新的活力——三日果菜汁斷食療法	Pamela Serure	320元
006	⊙膚白若雪（上）——肌膚青春不老的秘方	Julie Davis	220元
007	⊙膚白若雪（下）——肌膚青春不老的秘方	Julie Davis	250元
008	⊙喚醒睡美人——發掘妳的內在需求及眞實個性	Jean Freeman	200元
009	⊙生活在目標裡——創造成功耀眼人生的指引	Greg Anderson	200元
010	⊙色彩區帶按摩療法	Joseph Corvo & Lilian Vemer-Bonds	250元
012	⊙顏色的自然療法	Theo Gimbel	250元
013	⊙聲音的自然療法	Olivea Dewhurst-maddock	250元
014	⊙別爲小病煩惱	Penny Stanway	250元
	優勢力系列	**作者**	**定價**
001	⊙絕對運	深見東州	200元
002	⊙觀音力	西谷泰人	220元
003	⊙解決策	深見東州	170元
004	⊙大頭腦	西谷泰人	160元
005	⊙行大運	西谷泰人	170元
006	⊙超人氣的祕訣	西谷泰人	190元
007	⊙斷痛療法	塩谷正弘	230元
	好好學系列	**作者**	**定價**
001	⊙留美之路	Gary B.Carkin	380元
002	⊙英語話台北	Paul o'Hagan	280元
003	⊙新理念商務英語	Paul o'Hagan	280元
004	⊙簡簡單單說好英語	Paul o'Hagan	280元
	Taste系列	**作者**	**定價**
001	⊙拾手可得的生活樂趣	岩野禮子	250元

國家圖書館出版品預行編目資料

跟你同一國／顏艾琳，吳鈞堯著--初版．--
臺北縣新店市：探索文化：民87
面；　　公分.--(愛情書；17)

ISBN 957-615-101-5（平裝）

855　　　　87008517

ISBN 957-615-101-5（平裝）

愛情書17
跟你同一國

作者／顏艾琳．吳鈞堯
社長／劉秋鳳
發行人／謝毓斌
責任編輯／蕭麗媛
校對／顏艾琳．吳鈞堯
出版者／探索文化事業有限公司
地址／台北縣新店市中正路568號7F
電話／二二一八三六四一
傳眞／二二一八九四九六
E-mail／dos123@ms8.hinet.net
總經銷／學英文化事業有限公司
地址／台北縣新店市中正路四維巷2弄5號5F
電話／二二一八七三〇七
傳眞／二二一八七〇二一
登記證／行政院新聞局局版臺業字第六四三〇號
排版／鑫上統電腦排版公司
初版／中華民國八十七年八月
定價／一八〇元

探索叢書第三百六十六本

請依此虛線撕下

請依實線對摺後裝訂寄回・謝謝！

請依此虛線撕下

探索文化書友卡

謝謝您購買本書，這是本公司出版的「探索文化系列」之一，爲了使往後的出書更臻完善，並加強對讀者的服務，請您詳塡本卡各欄，投入郵筒，寄回給我們（免貼郵票，我們將隨時爲您提供最新的出版訊息。）

書友姓名：＿＿＿＿＿＿＿＿

您的個人資料：

性別：□男　□女　年齡：＿＿＿＿

職業：□製造業　□銷售業　□資訊業　□大衆傳播業　□服務業　□交通業　□貿易　□廣告業　□醫護人口　□建築業　□自由業　□軍警　□公　□教　□學生　□家庭主婦　□其他＿＿＿＿

地址：＿＿＿＿＿＿＿＿

電話：＿＿＿＿＿＿＿＿

您購買的書籍名稱：＿＿＿＿＿＿＿＿

購買本書的方式：

□＿＿＿＿市（縣）＿＿＿＿書店　□劃撥　□贈送　□展覽、演講活動，名稱＿＿＿＿　□其他＿＿＿＿

您從何處得知本書消息？

□逛書店　□報紙廣告　□報紙、雜誌介紹　□親友推薦　□廣告信函　□廣播節目　□其他＿＿＿＿

您對本書的建議是：＿＿＿＿＿＿＿＿

您是否曾購買本系列的其他書籍？

□是　□書名：＿＿＿＿＿＿＿＿

□否

塡寫日期：＿＿＿＿＿＿＿＿